Anke Johanning

ICH HABE DENNIS HOPPER GEOHRFEIGT

Ein Leidfaden für späte Singles und scheiternde Schau-spieler

Mit Happy-End

Für Eva Wenndorf
mit Dank und allen
guten Wünschen
für Milwaukee
von
Anke Johanning
(Renate Becker)

Umschlaggestaltung: Katharina Birkenbach
Zeichnungen: Annina Müller
Satz: Sebastiano Curcio

Überarbeitete Fassung 2003

Herstellung: Books on Demand GmbH, Norderstedt
ISBN-3-8311-3401-4

“I know I don't really belong in Nashville, that's why I try so hard."
aus dem Film "Nashville"

FÜR HELMA

INHALT

1

ES GIBT KEINE KLEINEN ROLLEN

"Kriminalpolizei Detmold, Morddezernat, Kriminalpolizei Detmold, Morddezernat," repetiere ich mit einem Weinkorken zwischen den Zähnen, "Kriminalpolizei Detmold, Morddezernat." Ich steh am Bügelbrett und bügele Hemden, Handtücher, Nachthemden, Unterhemden, während ich meinen Text für eine kleine Fernsehrolle einübe.

"Kriminalpolizei Detmold, Morddezernat" ist für mich, die ich sprachlich etwas wackelig bin, so gut wie ein Zungenbrecher. "Kriminalpolizei Detmold, Morddezernat" ist einer von den siebzehn Sätzen, die ich in dieser kleinen Rolle habe, und ich möchte den, bei aller Schwierigkeit, schon gekonnt hinlegen, wenn ich vor der Kamera stehe. Es wäre mir sehr unangenehm, mit sprachlichen Unsauberkeiten oder gar Versprechern die Dreharbeiten aufzuhalten.

Die große weibliche Hauptrolle, mit sehr, sehr viel mehr Text natürlich, spielt eine junge Schauspielerin. 28-jährig laut Drehbuch, was aber nicht exakt stimmen muss. Ich bin ja auch nicht Anfang 50, wie es im Drehbuch steht, sondern jede Menge älter. So alt inzwischen, dass ich zusehen kann, wie meine Altersgruppe peu à peu die Rubrik Todesanzeigen infiltriert. Keine Frage, dass dadurch meine beruflichen Ambitionen unter einen gewissen Zeitdruck geraten. Lange kann ich nicht mehr auf meinen Karrieredurchbruch warten.

Die Mutter von dieser noch jungen Schauspielerin ist zum Beispiel ein bekannter Film- und Fernsehstar. Und die Tochter ist auch ein Star. Ich persönlich war noch kein

Star. Und wie gesagt, die Zeit drängt. Vielleicht weil ich bis jetzt partout kein Star geworden bin, hat sich der Neid zu einem dominierenden Zug in meiner Persönlichkeit entwickelt. Vor lauter Neid bin ich außerstande, mich ohne Häme mit einem Star zu befassen.

Meine negative Einstellung ist natürlich nicht blindlings vorgefasst, sondern in konkreter Erfahrung begründet. Und diese Erfahrung besagt unter anderem, dass ein Star nie von sich aus auf Leute zugeht, sondern kommen lässt, immer den anderen kommen lässt. Aber wehe du kommst. Dann blitzt du ab.

"Ein Star muss einen Killer-Instinkt haben," hat ein Theaterregisseur, aus dem auch nie ein Star geworden ist, einmal zu mir gesagt. Nur wer den Anderen nicht gelten lässt, gilt selber was. Drum schweift der Blick des Stars vorzugsweise an dir vorbei, über dich hinweg, oder auch, auf Schlüsselbeinhöhe, durch dich hindurch ins Leere. Wo du bist, ist nun mal nichts. Da kannst du mit deinen eigenen Augen die seinen suchen, angeln und hangeln wie du willst. Deine rechte Hand anheben, hinhalten, vorhalten, hinterher halten, eine Bemerkung einflechten in ein Gespräch, das der Star gerade mit anderen führt - egal, du verreckst.

Da bin ich ganz anders. In Situationen, wo ich selbst das Oberwasser habe, gehe ich feinfühlig vor. Zum Beispiel mache ich einen großen Bogen um die Friseurläden, wo ich nicht mehr hingehe, weil sie mir die Haare nach und nach immer wurschtiger geschnitten haben. Spätestens nach einem halben Jahr treuer Kundschaft wird nur noch gequasselt und beim Schneiden nicht mehr hin geguckt, finde ich. Zu Einer gehe ich nicht mehr hin, weil sie mich doch tatsächlich auf der Straße nicht erkannt hat, obwohl ich auf sie zugestürzt bin, "hallo, hallo!"

Zur zwischenmenschlichen Schonung meiner ehemaligen FriseurInnen, drei sind es inzwischen an der Zahl, nehme ich bei meinen täglichen Runden große Umwege auf mich. Damit sie mich nicht durchs Schaufenster vorbeigehen sehen, mit einem Haarschnitt von einem anderen. Manchmal im Winter ist es sehr kalt. Oder im Sommer ist es sehr heiß. Oder es regnet. Die Einkaufstüten sind schwer und trotzdem mache ich diese kilometerlangen Umwege.

Allerdings, hin und wieder, wenn ich gegenüber den mir Unterlegenen feinfühlig sein möchte, verpufft das. Stellt mir zum Beispiel ein Kellner das Essen hin und ich will ihm noch zum "danke" einen wahrnehmenden Blick zuwerfen. Da taucht er in derselben Sekunde zur Seite ab und ist auf und davon. Wie ein einsames Herz fühle ich mich dann. So als hätte ich es nötig gehabt.

Ich will auf der Hut sein, gleich beim ersten Drehtag, damit ich nicht schon bei dieser ersten Weichenstellung den Kürzeren ziehe. Bereits beim "Guten Tag, darf ich mich vorstellen ..." in meiner Existenz erübrigt werde, von diesem Star. Kommen lassen. Soll die den ersten Schritt tun. Wer den ersten Schritt tut, macht sich verwundbar.

Jetzt weiß ich schon mehr. Der Star soll sein winzig kleines Baby bei den Dreharbeiten dabei haben. Und den Kindsvater. Und es ist vereinbart, dass der Star und das Baby Stillpausen bekommen. Das Baby ist ja noch so klein.

Apropos Baby. So ein Säugling kann sein Gegenüber auch nicht fokussieren, hat auch diesen leeren Blick, wie ihn die Stars haben. Nur, der Säugling kann noch nicht richtig gucken, der Star will es nicht. Das ist der Unterschied.

Ich persönlich mache mir nichts aus kleinen Kindern. Ich kann mir nur denken, dass man, bei so vielen familiären

Pflichten und der Riesenrolle, mit seinen übrigen Kräften haushalten muss. Da liegt es auf der Hand, dass man nicht nach rechts, nicht nach links schaut, nicht hier lächeln, da nicken, hier "guten Morgen" sagen kann. Ich nehme mir vor, nicht kleinlich zu sein, was diesen Star angeht.

Vier Tage vor Drehbeginn, auf den ich nun mental bestens eingestellt bin, kommt ein Anruf. Ob ich schnell, schnell, am besten gleich mit dem nächsten Zug los, eine Rolle übernehmen kann. Es ist jemand krank geworden. Eine kleine, stumme, aber sehr anspruchsvolle Rolle.

Wegen des gehobenen Anspruchs, sagt der Produktionsleiter, seien sie auf mich gekommen. Außerdem könne es nicht schaden, wenn mich der berühmte Regisseur bei dieser Gelegenheit kennen lernt. Der Produktionsleiter will damit andeuten, dass ich beim nächsten Film durchaus Chancen für eine größere Rolle haben könnte, wenn ich mich dem Regisseur jetzt bekannt mache.

Meine Rolle verlangt, dass ich einen langgezogenen Strand hinunterlaufe. Stumm. Verzweifelt. Eben anspruchsvoll. Eine dramaturgisch sehr wichtige Einstellung. Das Honorar, das ich ihm vorschlage, will er mir allerdings nicht zahlen. Dann mache ich es eben für weniger.

Es wird eine lange Anreise, erst mit dem Zug, dann mit der Fähre, auf eine herbstlich nasse, kalte, deutsche Insel. 9 1/4 Stunden bin ich unterwegs. Die Fähre ist voll lärmender Schulkinder. Sie schreien und trampeln auf den metallenen Treppen herum. Ich dränge mich zwischen sie an die Reling. Die Kinder schreien. Die Möwen schreien. Ein eisiger Wind weht. Die Fahrrinne ist mit kleinen Birkenbäumchen markiert, die wohl unter Wasser im Sand stecken.

Ich komme früh abends auf der Insel an und werde sofort in die Produktion chauffiert, die in einem marode anmutenden ehemaligen Kurhaus untergebracht ist. "Da sind Sie ja, Frau Bernauer, wie war die Überfahrt?...n'Abend...Guten Abend, Frau Bernauer," werde ich begrüßt, sehr nett, von dem Aufnahmeleiter, von der Maskenbildnerin und der Garderobiere. Ich heiße aber leider Johanning. Anke Johanning. Bernauer heißt die, die krank ist. Das habe ich bald geklärt.

Pünktlich, wie laut Dispo, bin ich drehfertig, in Kostüm und Maske. Ich sehe aus wie eine schlichte, ältliche Inselbewohnerin. Ich bin sehr verwandlungsfähig und vor allem nicht eitel.

Ich suche mir eine Ecke im Flur, wo ich mich in die Verzweiflung einstimmen kann, die meine Rolle verlangt. Es gibt keine kleinen Rollen, nur kleine Schauspieler, hieß es früher auf der Schauspielschule. Ich summe ein paar Stimmübungen. Ich mache schlenkernde Bewegungen zur Lockerung meiner Glieder. Ich hüpfe auf der Stelle, um für die Aufnahme außer Atem zu sein, aber auch ein bisschen gegen die Kälte im Flur. Da zieht der Wind durch die Tür und die Tapete löst sich von den feucht gefleckten Wänden.

Der Aufnahmeleiter kommt und sagt, es kann noch was dauern bis ich dran komme. Ich soll nur in das Statistenzimmer gehen, da ist jetzt keiner und dort ist es warm.

Es ist dort tatsächlich warm. In der Mitte des Zimmers steht ein Tisch mit 5 Stühlen drumherum. Darauf liegt, über alle fünf Plätze verteilt, die BILD-Zeitung, ein zerfledderter STERN, zerknüllte Servietten, benutzte Pappbecher mit Kippen in dem Restkaffee, ein großes, leer gegessenes Tablett aus Silber-Cromargan, mit einer hart gekochten Eihälfte, Salatblättern, Petersilie und Apfelsinenscheiben. Auch ein Käsebrötchen, unten durchgefeuchtet. Mag ich nicht, obwohl ich Hunger habe. Es steht da auch eine Thermoskanne. Die krieg ich aber nicht so aufgedreht, dass etwas herauskommt. Ich hüpfe, schlenkere und summe weiter, um in der Konzentration zu bleiben.

Mein Dreh verschiebt sich, immer weiter in die Nacht hinein. Dann bis in die frühen Morgenstunden. Das Zimmer hat sich abgekühlt oder ich friere, weil ich mich zum Warten hingelegt habe. Einfach die Stühle in einer Reihe aufgebaut und mich draufgelegt habe, ich bin ja so schmal.

Der Aufnahmeleiter bringt mir sogar eine Decke herein und ein paar Stunden später so eine Heiße Tasse, eine Tütensuppe mit Tomatengeschmack. Dass mir davon schlecht wird, sag ich ihm nicht. Feinfühlig.

Der Aufnahmeleiter kommt immer wieder rein, nach mir gucken und lächelt mich an. Ich frage mich schon, ob er sich für mich als Frau interessiert. Beim ersten Mal sagt er, "Es dauert leider noch ein, zwei Stunden", dann sagt er, "Gleich geht es los", dann, "Es dauert noch - technische Probleme" dann, "Noch eine halbe Stunde", dann, "Gleich geht es los", dann, "Jetzt müssen wir leider warten, bis es ganz hell wird, sonst kommen wir mitten in die Dämmerung hinein, tut mir wirklich leid für Sie." Ich hör schon gar nicht mehr hin.

Schließlich kommt er rein, diesmal ohne Lächeln, laut und rumpelnd, so dass ich aus dem Schlaf aufschrecke: "Frau Bernauer, auf gehts. Jetzt sind sie dran." "Johanning" sage ich. Jetzt bin ich nämlich sauer. "Pardon, Frau Johannsen natürlich, jetzt sind sie dran, Frau Johannsen," sagt er. Ich gebs auf.

Ich muss in ein Auto steigen und werde die 500 Meter zum Motiv gefahren, wo sie alle in dicken Mänteln stehen, die Kamera, die Beleuchtung, der Regisseur und das übrige Team. Der Regisseur legt mir die Hand auf die Schulter und sagt: "Sie haben ja leider lange, lange warten müssen, Frau Bernauer, aber wir mussten noch was nachdrehen von vorgestern. Ich hoffe, Sie können noch." "Aber klar, aber klar," sage ich, "die Rolle ist zwar klein, aber es hat mich doch gereizt, diese verzweifelte Frau, die ihr ganzes Leben auf der Insel..." "Heinz, zeigst Du mal Frau Bernauer die Strecke, die sie laufen muss," sagt der Regisseur zu einem jungen Mann, mit einem goldenen Ring derart durch die Augenbraue, dass man kaum hinschauen kann. Sein Assistent wahrscheinlich. Ich heiße zwar Johanning, aber ich lass es gut sein, der Regisseur ist ja sehr nett.

Ich geh mit Heinz die Strecke am Strand ab. Er erklärt mir, dass ich erst rennen, dann stolpern, dann hinfallen, dann wieder rennen soll - etwa 300 Meter soll ich rennen. Ich laufe sozusagen von der Kamera weg in die weite Ferne hinein. Mich sehen, so richtig sehen, mein Gesicht und die Verzweiflung darin, kann man nur am Anfang. Danach muss sich die Verzweiflung über die Art wie ich laufe, stolpere und hinfalle, mitteilen. Verstehe.

Wahrscheinlich bin ich dann auf dem Bildschirm nur noch ganz, ganz winzig zu sehen, denke ich, aber das kann auch ergreifend sein, so eine kleine schmale Frau, wie sie von der Unendlichkeit verschluckt wird. Sehr dankbar ist das nicht, aber wer weiß, wozu es gut ist, sag ich mir immer.

"Alles klar, alles klar," rufe ich dem Regisseur zu, als wir zurückkommen. Heinz zieht mir mit dem Absatz einen Strich in den Sand, wo ich bei "Bitte" loslaufen soll und wir machen drei, vier Proben.

Der Regisseur weiß genau, was er will. Er ist sehr anspruchsvoll, deshalb wurde ich ja auch besetzt. Heinz kommt jedesmal zu mir her, ganz nah und sagt mir leise, ja, ich muss sagen, feinfühlig, die Kritik des Regisseurs. Mein Gesicht sei zu Anfang, wo man es noch sehen kann, zu übertrieben schmerzverzerrt - wir drehen hier schließlich keine griechische Tragödie, meine der Regisseur. Dann lässt er mir durch Heinz sagen, ich solle beim Rennen nicht so mit den Armen rudern, wir seien hier nicht auf einer Olympiade. Dann lässt er humorvoll anfragen, ob die gute Frau zu viele steife Grogs getrunken habe, dass sie nicht geradeaus laufen könne, so wolle ich die Rolle doch wohl nicht anlegen.

Schließlich muss der Regisseur ziemlich angetan gewesen sein von dem was ich mache. Da kommt nämlich so eine Art Aufschrei von der Gruppe um die Kamera herum und Heinz eilt mit hochgestrecktem Daumen auf mich zu: "OK, wir drehen!"

Naja, an mir liegt es nicht, dass die Einstellung nun an die fünfzehn Mal wiederholt werden muss. Dauernd irgendwelche technischen Probleme, das Team scheint nicht sehr professionell zu sein. Ich renne immer wieder die ganze Strecke, dann zurück auf Anfang und dann wieder los. Ich bin müde. Ich habe seit Stunden nichts im Magen außer dieser Heißen Tasse. Mir ist schlecht. Als ich mir beim zigsten Mal Rennen und Stürzen in dem weichen Sand den Knöchel verdrehe, kommen mir die Tränen. Aber gleich nochmal, heißt es. Und ich mach weiter. Eisern. Schließlich bin ich Profi.

"28/1 die 17te!" ruft die Klappe und der Regisseur ruft "Bitte". Da stolper ich schon gleich zu Anfang, verdammt, und setz mich in den Sand. "Aus!" ruft der Regisseur," "Was ist jetzt? Können wir weiter drehen?" Ich humpele an meinen Strich zurück, an den Ausgangspunkt für meinen Lauf. Heinz rennt herbei und legt mir die Hand auf den Rücken: "Was ist denn? War doch prima. Ganz toll!" "OK, wir können!" ruft er und läuft zum Regisseur zurück.

"28/1 die 18te!" ruft die Klappe. "Halt!" rufe ich, "Entschuldigung, aber ich brauche eine Pause, eine kurze Pause, bitte." Ich sehe, wie sich die kleine Gruppe bei der Kamera, um den Regisseur herum, versammelt. Die beraten da irgendwas. Dann kommt Heinz wieder her zu mir. Er bittet mich, den Mantel und das Kopftuch auszuziehen. Die alte Tante, das Scriptgirl, wäre bereit, statt meiner zu laufen. Die Szene müsse jetzt endlich in den Kasten.

Da bin ich platt. Das kann doch wohl kein Ernst sein. Das kann doch nur eine Schauspielerin, diese Verzweiflung, sonst stimmt doch die ganze Szene nicht. Da werde ich sowas von wütend. Vor lauter Adrenalin kenne ich keine Müdigkeit, keine Furcht, keinen Schmerz mehr. "Dieses Arschloch!" sage ich sogar zu Heinz, alles ist mir jetzt egal, "Sagen Sie diesem Arschloch, ich laufe nochmal, meinetwegen hundertmal," und ich begebe mich in Startposition an meinen Strich.

"28/1 die 19te!" ruft die Klappe. Jetzt laufe ich wie eine Eins, stolpere, stürze und dann ist die Szene gestorben. Alle freuen sich. Der Regisseur gibt mir sogar die Hand zum Abschied. Ich bin zufrieden.

Auf der Rückfahrt, wieder 9 1/2 Stunden, aber diesmal auf einer besinnlich ruhigen, fast leeren Fähre, geh ich die Dreharbeiten noch einmal im Geiste durch, Schritt für Schritt. Da kapier ich auf einmal, das war ein Trick! Ein Trick von dem Regisseur! Das mit dem Scriptgirl! Und er hat mit diesem Trick tatsächlich Erfolg gehabt, er hat es geschafft, dass ich noch mal für ihn gelaufen bin! Oder?

Leider hat das mit dem Knöchel ein Nachspiel. In der folgenden Nacht, nach der langen Eisenbahnfahrt, schwoll er mächtig an. Die Folge war, dass ich die Rolle mit den 17 Sätzen absagen musste. Leider konnte ich nun diese Sätze nicht sprechen, die ich so eindringlich geprobt hatte. Mit Korken. Und zu der Begegnung mit dem Star ist es auch nicht gekommen.

Wer weiß, wozu es gut ist, sag ich mir immer und ich muss da an ein flämisches Gedicht denken, das in einem Lokal in Belgien an der Wand hing:

Tevreden zijn is eene groode gunst
Tevreden schijnen eene groode kunst
Tevreden worden een groot geluk
Tevreden blijven een meesterstuk.*)

*) Zufrieden sein ist eine große Gunst
Zufrieden scheinen eine große Kunst
Zufrieden werden ein großes Glück
Zufrieden bleiben ein Meisterstück

2

VON PLANETEN GEBREMST

Die siebzehn Sätze sind mir, wie gesagt, verloren gegangen. Andere Angebote von Film, Funk und Fernsehen habe ich auch nicht erhalten. Es ist unter diesen Umständen nicht einfach, den lieben, langen Tag kurzweilig zu gestalten.

Gut, dass ich mich wenigstens hausfraulich gefordert fühlen darf. Mein Mann ist von seiner Dienstreise zurückgekehrt und freut sich riesig auf meine Kochkünste. Ich mache mich also auf den Weg zu dem Gemüsemann, frühmorgens, als mir, hinter dem Philosophikum, eine Kollegin im grauen Trainingsanzug über den Weg joggt, inkognito mit dunkler Brille. Atemlos Eile suggerierend, hält Augura - ich nenne sie mal so aus datenschutzrechtlichen Gründen - bei mir an.

Sie drehe tagaus, tagein, eine Seifenoper, die, in Hinblick auf eine jugendliche Zielgruppe konzipiert, streng an der kurzen Leine von Einschaltquote und Marktanteil gehalten werde. Jede Woche erscheine eine Abordnung des produzierenden Senders zur Abnahme der gedrehten Muster, mit dem Ziel, die Tauglichkeit jedes mitwirkenden Schauspielers fortlaufend in Hinblick auf die Zielgruppe zu kontrollieren. Aus dieser Zielgruppe der in ihrem Kaufverhalten noch markenungebundenen Kids ergebe sich zwingend die Losung jung, jung, jung. Ein Dreißig-Jähriger müsse wie ein Zwanzig-Jähriger aussehen, eine Fünfzig-Jährige wie eine Mittdreißigerin, etc.

Sie spiele, kaum zu glauben, eine Großmutter, wozu sie weiß Gott noch zu jung sei. Sie macht sich ganz klein und läuft mit eingeknickten Knien im Kreis um mich herum: "Da hätt ich ja die Kinder in dem Alter kriegen müssen!" Ich kann es auch nicht fassen, dass sie schon eine Großmutter spielt. Wirklich nicht zu fassen.

Aber das gehöre zum Kalkül der Werbebranche, dass eine Oma jung, frisch, und faltenfrei sein müsse. Damit die Oma im Ruhrpott, an ihrem Bügelbrette stehend, denken könne: "Ja, so sind wir Omas, so jung, so frisch, so faltenfrei ..."

Da heiße es, mit Quarkpackungen gegen die Faltenbildung, mit Frühsport, Tropenfrüchten und Vitamin E gegen die schwindende Strahlkraft anzukämpfen. Denn, ein Autounfall, eine kurze tödliche Krankheit, dir ins Drehbuch geschrieben und du bist raus aus der Serie, meint sie, unruhig auf der Stelle trippelnd. Und nun sind ihre Augen ganz verquollen. Sie ist verzweifelt, weil ihre Augen ganz verquollen sind. Als Großmutter mit jüngerem Liebhaber kann sowas der Anfang vom Ende sein.

Zögernd nimmt sie, auf mein Drängen, ihre Sonnenbrille ab. Ein kullerrundes, klares Kinderauge blickt mich an, aber sie ist verzweifelt. "Der Druck, immer dieser Druck," sagt sie und setzt die Sonnenbrille wieder auf.

Ich entrüste mich zu ihren Gunsten, verweise empathisch auf ihre wahren Werte als Mensch und als Schauspielerin. Ich lobe, kläre, beruhige, bestätige, mache Mut.

"Und wie geht es Dir?" fragt mich dann Augura. "Ich bin arbeitslos," bekenne ich in freiwilliger Selbsterniedrigung. "In diesem Jahr hatte ich nur einen Drehtag. Eine Superrolle ist mir allerdings durch die Lappen gegangen, weil ich mir..." "Naja klar," fällt sie mir ins Wort, die astrologisch Versierte, "Du bist Fisch. Du hast jetzt den Saturn, den Saturn. Der bremst. Deine Mutter ist im Zwilling, das ist sowieso schwierig für dich." Augura weiß das, weil sie mein Geburtsdatum kennt und an meinem Horoskop arbeitet. Sie interessiert sich für mich und meine Belange.

Wir verabschieden uns, sie, gestrafft, mit ihrer perfekten Figur für ihren Morgenjogg um den Aachener Weiher, ich, mit hochgezogenen Schultern, um hausfrauliche Besorgungen zu erledigen. Lieber hätte ich ihre Sorgen. Glaube ich, aber man weiß es nicht.

Natürlich lese auch ich in gewissen Zeitschriften nur, wenn ich im Wartezimmer eines Arztes sitze. Da schreibt in so einer alten Modezeitschrift, die da ausliegt, ein Astrologe, dem Namen nach wohl ein polnischer Adeliger, eine Prognose für das Jahr 2002, für den Fischegeborenen in der 2. Dekade. Dieser Herr gibt Augura recht, ich werde tatsächlich von Saturn gebremst.

Ich soll mit Widerständen und Verzögerungen rechnen, steht da. Ich soll nur ja umsichtig vorgehen, damit ich nicht den Mut verliere. Ich soll zwar geistig mobil, aber nicht überaktiv sein, weil doch der Saturn meine Vitalität reduziert und sowieso von Januar bis April, im Mai und im Juni alles schief geht. Überhaupt, bis Anfang Oktober, meint er, könnte mir alles schief gehen. Aber von da an wird es besser. Es klappt auch mal was. Allerdings auch nur bis Mitte November, dann werde ich schon wieder gebremst.

Das ist verblüffend. Ich habe mir mein Unglück vorher wirklich nicht erklären können. Diese Langzeitarbeitslosigkeit. Ich nehme immer wieder einen Anlauf und ich pralle ab. Kein Wunder, wie man sieht.

Weiter lese ich: "Seien Sie besonders aufmerksam, wenn es Sie in eine bestimmte Richtung zieht: Dort können sich unerwartet Türen auftun und wichtige Einsichten ergeben." Das will ich gerne sein, besonders aufmerksam. Ich habe ja nichts anderes zu tun.

Ein paar Tage später ergibt sich bereits so ein Zufall, wo es mich hinzieht: im Kölner Stadtanzeiger, im Lokalteil, wird für den selbigen Abend um 19Uhr30 ein Vortrag über den Planeten Saturn im Blücher-Gymnasium in Nippes angekündigt. Klar, dass ich da hin muss.

Der junge, dicke Mann, der den Vortrag halten wird, geht zunächst mit einer Sammelbüchse herum und kassiert zwei Euro von mir und jedem der weiteren 18 Interessenten. Er macht das als Hobby. Eigentlich ist er Chemiker und so erzählt er auch viel von der Zusammensetzung der Gase auf dem Saturn, Ammoniak und Amnoxiumsulfur, woraus Stinkbomben gemacht werden.

Der Saturn ist bleich und schön, erfahren wir, und wird umkreist von Monden aus Eis und Gestein. Der größte seiner Monde, der Titan, ist 5000 Kilometer dick. Mond Hyperion, von einem Asteroiden gerammt, daher unförmig zerbeult, ist 500 Kilometer groß. Die Ringe um den Saturn bestehen aus eisigen Brocken bis zur Größe eines Hauses, die um den Planeten sausen. Kalt, kalt ist es, minus 180 Grad. Alle neunundzwanzig, dreißig Jahre kommt der Saturn in die Umlaufbahn der Erde.

Als der Vortrag beendet ist, weiß ich immer noch nicht, warum der Saturn mich so bremst. Beim Herausgehen kommt man an einem Tisch vorbei, wo Frauen Plakate von Aufnahmen der Planeten zum Kauf anbieten. Aufnahmen der NASA. Ich kaufe mir eins vom Saturn, wie er mitsamt seinem Ring hinter einem seiner Monde hervor lugt und hänge es mir an die Schlafzimmerwand.

Nun zieht es mich schon wieder, diesmal in die Universitätsbibliothek. Ich habe meine liebe Not mit den Sachregistern, überhaupt mit dem Auffinden des entsprechenden Lesesaales, so dass ich mich schließlich mit einem allgemein-naturwissenschaftlichen Lexikon begnüge und dort unter Saturn nachsehe.

Interessantes steht darin über die 21 Monde. Sie heißen Atlas, Prometheus, Janus, Epimetheus, Mimas, Enceladus, Thetys, Telesto, Calypso, Dione, Elektra, Rhea, Titan, Hyperion, Japetus, Phoebe. Interessant auch, dass der Saturn, der zweitgrößte Planet in unserem Sonnensystem, so leicht ist, dass er auf Wasser schwimmen würde. Zufrieden gehe ich wieder nach Hause.

Gleich drauf, am Freitagabend, ist die Volkssternwarte am Schiller-Gymnasium geöffnet. Dort wollte ich schon vor Jahren mal hin, aber ich habe den Eingang nicht gefunden. Vielleicht finde ich ihn dieses Mal.

Es regnet in Strömen. Ein abweisend wirkender Mann mit Regenschirm irrt auf dem Gelände herum. Ich frage ihn, ob er auch den Eingang zur Sternwarte sucht. Er möchte aber nicht mit mir darüber sprechen, sondern nickt nur. Ich geselle mich zu einer blonden Frau, die mit ihrer kleinen, patzigen Tochter unter einem Dach vor einer verschlossenen Türe steht. Etwas später kommt noch eine erzieherisch veranlagte Mutter mit einem hyperaktiven 11-Jährigen hinzu.

Endlich kommt der ehrenamtliche Sternkundler und wir dürfen hinein. Wir setzen uns auf kleine Schulbänkchen und warten, während der Sternkundler seine anschaulichen Attrappen holt.

Der lebhafte Bub neben mir zappelt herum und fragt und fragt. Seine Mutter stöhnt jedesmal und weist ihn in seine Schranken. "Ih," sagt sie zu ihm, "du stinkst nach Knoblauch." "Nein, das bin ich," sage ich.

Eine Gruppe bedrohlich wirkender mittelalter Männer stößt noch hinzu, mitten im Vortrag des ehrenamtlichen Sternkundlers. Sie gehen aber bald, raunend und flüsternd, wieder hinaus.

Wegen des Regens und der dichten Wolkendecke können wir das Fernrohr heute Abend nicht benutzen und überhaupt wird es im Sommer zu spät dunkel und jetzt ist es erst halb acht. Es sieht also schlecht aus, mit weiteren Erkenntnissen im Zusammenhang mit meinem Schicksalsplaneten. Die Freunde des Sternenhimmels e.V. geben sich jedoch auch so Mühe und zeigen uns einen Dia-Vortrag über den Sommerhimmel. So sehen wir, was man sehen würde, wenn man es sehen könnte und das ist auch sehr schön.

Köln sei sowieso nicht für astronomische Beobachtungen prädestiniert, hören wir. Am Besten, das Fernrohr stehe auf einem Berg, sagt der ehrenamtliche Sternkundler, der auch die Fragen des nervigen Jungen, trotz der jeweils aufstöhnenden Mutter, geduldig beantwortet. "Das wird sehr häufig gefragt," sagt er, oder, in Richtung der Mutter, aber taktvoll, nicht mit dem Blick auf sie gerichtet, "diese Frage ist gar nicht so dumm."

Im Rahmen dieser strengen Wissenschaftlichkeit traue ich mich natürlich nicht, zu fragen, wie eigentlich der Saturn diese Bremsung bei mir bewirkt. Als ich nach Hause gehe, hat der Regen aufgehört. So recht verstehe ich immer noch nicht, warum ich arbeitslos bin.

Augura ruft mich an. Sie ist erschöpft von den vielen täglichen Dreharbeiten, der aufwühlenden Superrolle, dem vielen, vielen Text, den sie lernen muss. Sie sehnt sich nach Nichtstun, Sonne und Palmen. Ich habe den Eindruck, sie beneidet mich.

"Du musst loslassen, loslassen! Wenn du dich umdrehst, läuft man dir hinterher. Wenn du dich um etwas bemühst, entsteht Widerstand. Das ist ein Naturgesetz."

Ich bin beeindruckt. Ich möchte genauso loslassen wie sie, genauso erfolgreich werden wie sie. Sie meint aber: "Du bist verkrampft. Solange du so verkrampft bist, würde ich auch nicht mit dir arbeiten wollen. Solange du so verkrampft bist, kann dir nichts gelingen." Das klingt plausibel.

Nichtsdestotrotz will sie versuchen, mir eine Rolle in ihrer Serie zu vermitteln. Ich soll ihr ein paar Fotos mitgeben. Sie hat einen guten Stand bei der Produktion. Man liebt und schätzt sie dort. Und sie hat nach langem Suchen endlich eine Agentin für mich gefunden. "Ruf bei ihr an. Die wird dich puschen."

So warte ich eine Stunde über den vereinbarten Termin hinaus in der Hörfunkkantine. Dann ist sie auch schon da, meine Agentin. Sie ist sehr jovial. "Wissens, für mich ist das Prostitution, was die Schauspieler da machen. Das sind die Prostituierten und ich bin halt der Zuhälter". Das könnte schon stimmen. Sie ist recht dick. Sie trägt einen schwarzen Kampfanzug und einen bleischweren Ring am kleinen Finger.

Wie komme ich auf bleischwer? Blei. Das hat ja auch wieder was mit dem Saturn zu tun. Wie das alles zusammenpasst! Ich weiß von Augura, dass die Alchemisten das Blei nach dem Saturn benannten. Ich verstehe nur nicht, warum sie das Blei nach ihm benannten, wo er doch so leicht sein soll, dass er auf Wasser schwimmen könnte. Vielleicht mache ich mir zu viele Gedanken.

Jedenfalls blickt meine Agentin an mir vorbei in den Raum, während sie von ihren connections erzählt und lässt sich von der bildhübschen Blondine, die sie begleitet, ein alkoholfreies Getränk an den Tisch bringen.

Nachdem ich ihr so unverkrampft wie möglich meine Meriten als Schauspielerin unterbreitet habe, will sie mich ohne weiteres in ihre Agentur aufnehmen. Ich bin froh. Sie hat ein Postfach, wo man ihr hinschreiben kann oder man kann ihr auf ihren Anrufbeantworter sprechen. Dafür, dass sie mich bei den Produzenten so puscht, bekommt sie dann 10 Prozent.

Tags drauf kommt meine Freundin Augura zu Besuch und bringt mir einen Stoß astrologischer Bücher über den Planeten Saturn mit, die ich unbedingt lesen soll. "Weißt du, du bist ein Kopfmensch. Ich mache alles aus dem Bauch heraus. Du musst dich ausdehnen. Angst macht eng. Guck mal, stell dich so hin, so. Halte die Arme hoch und zieh dir das Licht herunter. Zieh dir das Licht herunter." Sie holt tief Luft und vollführt mit den Armen einige klimmzugartige Bewegungen.

Sie sieht dabei dermaßen intensiv aus, mit den emporgereckten Armen und den Augen gen Himmel gerollt. Wie eine richtige Schauspielerin, in einem Film von Murnau oder Josef von Sternberg. Kein Wunder, dass sie eine durchgehende Rolle in einer Fernsehserie bekommen hat.

Meine Agentin, die mich jetzt bei den Produzenten puscht - ich höre nichts von ihr. Sie ruft auch nicht zurück, wenn ich ihr auf ihren Anrufbeantworter spreche oder einen Brief an ihr Postfach adressiere. Ich bin verzweifelt!

Augura weiß Rat. Sie hat mich auserwählt. Sie saugt an ihrer Zigarette und nur mir, niemanden sonst, verrät sie zwei, drei magische Rituale, die ich einsetzen kann, wenn ich in Not bin. Sie zeigt mir, zum Beispiel, genau was ich machen muss, wenn ich mir auch eine durchgehende Rolle in einer Fernsehserie wünsche. Oder Kontakt mit Freunden aufnehmen will, die an fernen unbekannten Orten weilen. Binnen kurzem bekomme ich dann die Rolle oder die Freunde rufen mich an.

"Das funktioniert," sagt sie und blickt mich scharf an. Ich darf es nur niemand weiter verraten. Wie sie mich so scharf anblickt und mir ihre magischen Fähigkeiten eingesteht, kommt mir der Gedanke, dass sie diese zwei Fotos von mir hat, um mich jederzeit wichtigen Leuten empfehlen zu können. Leider auch denkbar, dass sie mich verwünscht, mein Angesicht mit Nadeln perforiert oder Tierblut darüber tröpfeln lässt. Schließlich habe ich ihr vor zwei Jahren einmal eine Rolle weggeschnappt.

Ich spreche das Problem ganz einfach mal an. "Du! Du hast zwei Fotos von mir," sage ich und drohe ein bisschen mit meinem Zeigefinger, so als ob ich das nur so zum Spaß sage.

"Ich tue nur Gutes damit, nur Gutes" beruhigt sie mich. Aber sie macht mir klar, dass derlei argwöhnische Gedanken von meinem Saturn her kommen. Es ist auch mein Saturn, der mich starr und unfähig macht, Wichtiges und Neues in mich aufzunehmen. "Du bist noch nicht so weit. Das spüre ich. Aber das kommt schon noch!" sagt Augura.

Sie nimmt mir meinen Ausrutscher überhaupt nicht übel. Vielmehr hält sie mir einen langen, wirklich spannenden Vortrag über die neuesten astrologischen Erkenntnisse über den Saturn.

Es ist wohl so, dass der Saturn nicht nur Böses bewirkt und den Menschen, so wie mich, düster, morbide, träge und zugeknöpft macht. Augura hebt emphatisch die große

Chance hervor, die mein Saturn, mein Bruder Saturn, für mich bereit hält, wenn ich nur auf ihn höre. Auf ihn höre und bereit bin, mich zu ändern. "Saturn klopft bei dir an! Er will dir helfen, dein Lehrmeister sein! Das letzte Mal hat er vor 29 Jahren bei dir angeklopft! Vergebens! Damals hast du einfach nicht begreifen wollen, dass du dich ändern musst. Nun ist er wieder da und klopft bei dir an!"

Ich sehe ein, dass ich den gleichen Fehler wie vor 29 Jahren nicht noch einmal machen darf. Augura will mir dabei helfen. Sie will mir auch sagen, was ich bei mir zwingend ändern muss. Mir genau sagen, wo ich augenblicklich stehe. Sie weiß ja im Prinzip jetzt schon, im Voraus, wie es mit mir weiter geht, weil sie mein Horoskop kennt. Wenn ich einmal so weit bin, dass ich das, was sie mir zu sagen hat, aufnehmen kann, will sie mir mein Horoskop ganz ausführlich erläutern.

Aber erst soll ich mal in den astrologischen Büchern lesen. Mir Zeit lassen. Alles auf mich wirken lassen. Mich ändern. Wie, das sagt sie mir noch. So verkopft wie ich bin, kann es jedenfalls nicht weitergehen. Verstand ist nicht alles, sagt Augura und schließt die Augen. Mit einem feinen Lächeln lauscht sie in das Sirren der goldenen tibetanischen Klangkügelchen hinein, die sie in ihrer hohlen Hand rotieren lässt. Man glaubt ihr gerne, dass es auch ohne Verstand geht. Vielleicht sogar besser.

3

IMMERHIN EINE GRÄFIN

Wie kommt das? Sowie ich mich im Spiegel sehe, strecke ich mir die Zunge heraus. Das ist wie ein Reflex. Manchmal mache ich dazu ein lustiges Gesicht, manchmal ein hässliches Gesicht, aber immer strecke ich mir die Zunge raus. Das hat was zu sagen. Aber was?

Man sollte sich, habe ich gelesen, mehrmals täglich vor dem Spiegel laut und deutlich Mut zusprechen. Mit den Worten: "Ich bin schön, beliebt, und erfolgreich." Das empfehle ich auch meiner Kollegin Hiltrud, die genauso wie ich in einer tiefen Krise steckt, weil sie immer noch nicht berühmt geworden ist.

Hiltrud ist eine, der man schon auf hundert Meter Entfernung ansieht, dass sie Schauspielerin ist, mit ihren langen, fließenden Gewändern, dem prä-raphaelitischen Goldhaar und dem schwingenden Gang, so als käme der Frühling persönlich daher geschritten. (Aus der Nähe betrachtet, verliert sie natürlich immens.)

Bei mir, die ich mehr auf innere Werte setze, tippen die Leute eher auf Zahnarzthelferin, wenn ich schon mal ein heiteres Beruferaten anzettele. Sie könnten sich gut vorstellen, wie ich "der Nächste bitte" rufe, meinen sie begütigend, wenn ich wütend werde ob dieser Verkennung und die Karten auf den Tisch lege, dass ich eine Künstlerin bin und lange nicht so spießig wie ich vielleicht dem ungeübten Auge erscheine.

"Sage Dir, jeden Morgen vorm Spiegel, ich bin schön, beliebt und erfolgreich." schlage ich also Hiltrud vor, als sie wieder einmal in den Telefonhörer stöhnt, dass sie ihr

Leben verfehlt, auf der ganzen Linie versagt und keine Freunde habe außer mir. Hiltrud meint dann, beliebt und erfolgreich könne man gar nicht gleichzeitig sein. Entweder das eine oder das andere und dann schon lieber erfolgreich. (Das ist ja nun ein Maß an Bitterkeit, dass sie sich nicht wundern muss, wenn es nicht vorangeht mit ihr.)

Für mich selbst taugt das Sprüchlein leider nicht. Ich bin nun mal nicht schön, beliebt und erfolgreich. Ich habe ein riesenlange Nase und dazu klitzekleine Schweineaugen. Mit mir ist effektiv kein Staat zu machen. Warum hat mir meine Mutter eigentlich gesagt, dass ich unbedingt Schauspielerin werden soll? Darf man ja mal fragen. Schön also nicht. Beliebt, na ja. Erfolgreich, dass ich nicht lache. Und trotzdem bin ich nicht so sinnlos verbittert wie meine Kollegin Hiltrud.

Ich jaule auch nicht herum wie diese, sondern versuche meine arbeitslosen und daher ereignisarmen Tage positiv zu gestalten. Ich lasse mich einfach nicht so gehen. Ich stehe zum Beispiel um Viertel vor 7 auf. Dann weiß ich allerdings auch nicht so recht weiter. Wenn ich gestiefelt und gespornt, mit Morgengymnastik und Vollwertfrühstück fit gemacht, dastehe und nirgends hin muss. Da habe ich ein Problem. Und wie gesagt, wenn dann ein Spiegel in meiner Nähe ist, gibt es diesen unwiderstehlichen Reflex bei mir.

Eines Tages - zu Hause wartet der Anrufbeantworter statt meiner auf die Angebote von Film, Funk und Fernsehen - spaziere ich gedankenvoll am Entenkanal entlang, im schönen Stadtteil Lindenthal. Ach, denke ich, wenn man eine Ente ist, geht man ins Wasser, schnoddelt mit dem Schnabel darin herum, paddelt mit dem Strom, gegen den Strom, wie es gerade kommt, macht Schwänzchen in die Höhe, so einfach ist das. Man steht am Ufer und guckt, was die anderen Enten machen. Oder man steckt den Kopf unter den Flügel, dann ist Ruhe. Diese Tiere üben keine solche Selbstkritik, denke ich mir.

Manche Leute übrigens auch nicht. Da sehe ich gerade, wie eine alte Dame im Pelz am Kanal steht, mit ihrer Bediensteten (oder ist es ihre Tochter?) und dieselbe zwei Plastiktüten voller Brotkrumen auf den Uferrasen schütten lässt. Die Enten, die Tauben, die Schwäne, die Wasserrallen, die Spatzen, die Amseln und eine versprengte Möwe, watscheln, segeln, wanken, schwirren, paddeln, fliegen und eilen herbei.

Ich werfe den Beiden natürlich im Vorbeigehen einen betont kritischen Blick zu, dem ich durch eine Rückwärtsgewandheit meines Kopfes bei gleichzeitigem Fortwärtsschreiten Nachdruck verleihen muss, denn die Dame und ihre Plastiktütenträgerin nehmen nicht die gewünschte Notiz von mir.

Ich kehre also, keine Mühe scheuend, um, winke mit dem Arm und rufe den Beiden zu: "Sie müssen mal die Schilder lesen!" Betont freudig und unbefangen lasse ich das klingen. So als wüssten die Beiden nicht, dass das verboten ist. Tausend Mark Strafe. So hat es in allen Tageszeitungen gestanden. Und so steht es auf den Schildern, die die Stadt Köln alle hundertfünfzig Meter aufgestellt hat: BITTE NICHT FÜTTERN! und FÜTTERN SCHADET TIEREN UND GEWÄSSER! "Sie müssen mal die Schilder lesen!" rufe ich also.

Teuer und aufwendig gestaltete Schilder sind das, mit der Silhouette einer Brotbrocken werfenden Mutter nebst Kleinkind, mit den Silhouetten von Vögeln, Fischen und Wasserpflanzen darauf. Ja, man kann sogar die Brotwürfel im Wasser zu Boden sinken und die armen, an Sauerstoffmangel eingegangenen Fische an die Wasseroberfläche treiben sehen. Pfeile zeigen abwärts, wie das Brot und der Kot auf den Grund sinken. Pfeile zeigen aufwärts, wie es die toten Fische nach oben trägt.

Lernschritt für Lernschritt wird der mündige Bürger aufgeklärt. Dass Fäulnis und Schimmel die Folge sind von Kot und Brot. Dass zu deren Abbau Sauerstoff benötigt wird. Dass dieser Sauerstoff dem Gewässer entzogen wird. Dass der Fisch diesen Sauerstoff zum Atmen braucht. Dass der Fisch stirbt. Dass Faulschlamm den Tod des Gewässers herbeiführt. Dass da - Achtung Steuerzahler - nur kostspielige Maßnahmen, wie Ausbaggern etc., Abhilfe schaffen können. Die Apokalypse am Entenkanal, für jedermann nachvollziehbar.

Weder die Dame, noch die Tochter, Bedienstete, oder was auch immer, reagieren auf meinen Zuruf. Die haben ganz klar ein schlechtes Gewissen und fühlen sich von mir ertappt. "Sie müssen mal die Schilder lesen!" wiederhole ich, so freudig-freundlich wie es nur geht. Die Dame im Pelz dreht sich zu mir um. Das Geschöpf mit den nunmehr leeren Tüten lächelt breit. "Wie bitte?" sagt die Dame, "Wie bitte?" und fixiert mich dabei mit ihren blassen, blauen Augen.

Naja, sie müsse mal die Schilder lesen, sage ich nun schon zum zigsten Mal. "Das schadet nämlich den Tieren, steht darauf." sage ich. "Nein sowas!" sagt die Dame hierauf mit eiskalter Ironie zu mir: "Nein sowas!"

Diese Dame, denke ich mir, hat es nicht nötig, sich vor dem Spiegel mit leeren Formeln Mut zuzusprechen. Diese Dame steht vor dem Spiegel, hebt die Augenbrauen, saugt ihre Wangen ein und mustert sich mit Wohlgefallen. "Nein sowas!" sagt sie zu mir jedenfalls.

"Ach so," kontere ich jetzt und singe fast vor, wie ich hoffe, eleganter Bosheit, " Sie machen das aus Überzeugung!

Dann entschuldigen Sie! Dann entschuldigen Sie!" "In ihre fürsorgende Tierliebe sind Pelztiere offenbar nicht eingeschlossen," füge ich noch hinzu, ehe ich mich abwende und meines Weges gehe.

Nein, ehrlich gesagt, füge ich das nicht hinzu, sondern es fällt mir erst ein paar hundert Meter später ein, als ich an einer roten Ampel stehe und warten muss. "In ihre fürsorgende Tierliebe sind Pelztiere offenbar nicht eingeschlossen!" Das hätte gesessen.

Der Tierliebende und moralisch Höherwertige hat es nun mal nicht leicht, wenn er sich in der Öffentlichkeit bewegt. Da gibt es zum Beispiel die Hunde mit anzusehen, hastig an Leinen weggezerrt, wenn sie justament zum artgerechten Sandscharren nach ihrem Stuhlgang ausholen. Oder "Pfui!" heißt es, "Pfui!" wenn sie sich an Baumstämmen, Häuserecken, oder auch im grünen, grünen Gras über die Spuren ihrer Artgenossen beugen. Man denke auch an wollene Plaids und Mäntelchen bei Wind und Wetter übers Fell gezogen. Für mich ein quälender Anblick jedesmal.

Bis in die Scheinwelt des Kinos hinein, verfolgt mich mein peinsames Mitgefühl. Es drängt mich den gesamten Abspann auszusitzen, am Schluss des Films, bis ganz am Ende der Vermerk erscheint, dass keines der mitwirkenden Tiere während der Dreharbeiten Schmerz oder Seelenterror ausgesetzt wurde. Keines wurde realiter zerfetzt, durchlöchert, ausgeweidet, geblendet oder plattgeschlagen. Nicht in Säcken ersäuft, an die Wand genagelt, in Schluchten gestürzt oder in die Flammen geschleudert. Dann kann ich erst beruhigt nach Hause gehen.

Grausamkeiten, die eher zivilisatorischen Charakter haben, wie Hund im Regenmäntelchen, unterscheiden sich nur quantitativ, wie ich meine, von Szenen archaischer

Grausamkeit. Denn auch solche muss der Tierfreund erleben. Mitten in der Stadt. So wie ich neulich.

Da sitze ich am Breslauer Platz, am Busbahnhof, und warte. Ein paar Bänke weiter sitzt ein altes Ehepaar. Ein altes Roma-Ehepaar. Sie haben jeder ein großes Stück Weißbrot in der Hand und füttern damit die Tauben, die um sie herum humpeln. Diese humpelnden Bahnhofstauben, mit Klumpfüßchen und schmuddeligem Gefieder.

Wie nett. Ich warte und sinne weiter vor mich hin. Eine schnelle Bewegung, im Augenwinkel wahrgenommen, reißt mich aus meinen Gedanken. Ich sehe, der alte Roma hält eine Taube rücklings in der Hand. Eine weitere schnelle Bewegung und er hat sie abgemurkst und schwupp, in einen schwarzen Sack gesteckt, der neben ihm auf dem Boden steht.

Das Ehepaar streut weiter seine Weißbrotkrumen aus, die Tauben humpeln weiter um sie herum, so als sei nichts gewesen. Anti-Rassist und Tierfreund verschränken sich in mir, konflikthaft, lähmend. Mir bleibt nur aufzustehen und wegzugehen.

Zu Hause werden die wohl von dem Ehepaar gerupft, gebraten und aufgegessen, der ganze Sack voll. Das blitzt mir so durch den Kopf bis die Ampel auf Grün geschaltet hat. Es ist so schwer, Recht zu haben und doch als Verlierer dazustehen. Es fehlt nicht viel und ich ärgere mich über mich selbst, dass ich mich wieder einmal habe hinreißen lassen, zugunsten der Tierwelt, der sterbenden Fische diesmal, zu intervenieren. Partei zu ergreifen. Farbe zu bekennen.

Ich will ja nicht sagen, dass ich mich bei der Dame blamiert habe, aber ich ahne schon was passiert, wenn ich mir wieder im Spiegel begegne.

Überraschenderweise kommt es ganz anders. Vielleicht des Himmels Lohn für mein selbstloses Engagement am Entenkanal: Da ist etwas auf dem Anrufbeantworter! Ich soll eine Gräfin spielen. Auf einem Schloss. In einer Seifenoper zwar, aber immerhin eine Gräfin. Nachdem ich aufgrund meiner verhärmten Züge bislang immer die Plastiktütenträgerin war, nur Geduckte, bestenfalls ohnmächtig Aufbegehrende aus dem Volk darstellen durfte, bin ich nun sozusagen selbst die Dame im Pelz. Denn diese Adeligen, wenn nicht gerade Revolution ist und sie geköpft werden, die müssen sich auch von nichts und niemandem etwas sagen lassen.

Nun kann ich selbst mit eiseblauen Augen und stechend schwarzen Pupillen die anderen zu Boden starren. Was für ein schöner Beruf! Ich denke, ich bin für diese Rolle prädestiniert und der Mann vom Casting versteht sein Geschäft.

4

FÜR KEINE SERIE ZU SCHADE

Dieser Dreh war ein voller Erfolg für mich! Ich musste einen Toast ausbringen, eine kleine, charmante Ansprache, anlässlich der Verlobung meines Ältesten und meiner künftigen Schwiegertochter Preziosen überreichen. Der Regisseur lobte meine damenhafte Art, meine gepflegte Aussprache. Ich schien ihm auch als Frau zu gefallen. Aber ich bin ja verheiratet.

Mit dieser Gräfin habe ich überhaupt Schwein gehabt. Ein Drehtag sollte es sein. Dann ist die Kamera kaputt gegangen und wir mussten eine Woche später wiederkommen. Dann gab es nochmal einen Kameraschaden und schon waren aus dem einen Drehtag drei geworden. Die Kollegen sagen mir zwar immer, für die niedrigen Gagen die ich bekomme, dürfe ich nicht arbeiten in meinem Alter. Da würde ich den Kollegen in den Rücken fallen und die Preise verderben. Aber auf diese Weise ist eine ganz normale Tagesgage daraus geworden, so wie sie jeder andere auch akzeptiert hätte. Wir haben zwar lausig gefroren in den unbeheizbaren Räumen des Rittergutes, wo ich die Gräfin war, aber es hat sich gelohnt.

Inzwischen ist es leider wieder still um mich geworden. Keine Anfragen, keine Angebote im letzten halben Jahr. Es ist überhaupt so, als sei ich nicht vorhanden. Wenn es an der Tür schellt, ist es nicht für mich. Wenn das Telefon klingelt, ist falsch verbunden. Oder einer stöhnt mir in den Apparat, ohne sich vorzustellen. Oder es wird nach jemand anderem verlangt. Auf dem Anrufbeantworter überwiegen die Aufhänger. "Klick" macht es, und dann "biep". Oder die drei, vier, fünf angezeigten Botschaften sind allesamt nicht an mich gerichtet.

Da singt so einer, der wie eine Schaufensterpuppe aussieht, so dass es mich nicht wundert, "Kein Schwein ruft mich an, keine Sau interessiert sich für mich." Da biegen sich die Leute vor Lachen, wenn er das singt. So ist es nämlich. Genau so. Aber auch demütigend für mich, dass mein Leid ein so abgedroschenes ist, dass es zur Volksbelustigung taugt.

Heute morgen im Briefkasten war auch mal wieder nichts für mich drin. Jede Menge Zettelchen: vom Pizzaexpress, Fitneßcenter, Busreiseunternehmen, von Aldi und von Kaisers die preiswerten Angebote, aber nichts für mich.

Obwohl ich gewissenhaft, gemäß Eintragung in meinem Taschenkalender, der halben Welt zu ihrem Geburtstag gratuliere, bleibt das Echo aus. Auch wenn ich meine Bewerbungsfotos verschicke oder früheren Regisseuren schreibe, bei denen ich schon mal eine kleine Rolle gespielt habe und die mir jetzt eine große geben könnten - das Echo bleibt aus.

Eben weil ich so gar kein Echo bekomme, halte ich es manchmal daheim nicht mehr aus. Dann mache ich mich auf die Socken und laufe in der Stadt herum. Oder ich besteige einfach einen Zug und fahre weg.

Mein Mann ist nämlich zur Zeit wieder auf einer Fortbildung, die zweite Woche schon. Als Beamter lernt man nie aus. "Ach, Fortbildung nennt man das jetzt!" sagt meine Freundin Benita, die auch eine Beamtin ist und es wissen muss. Während sie das sagt, ruckelt sie so anzüglich mit dem Becken vorwärts und rückwärts. Geschmacklos. Von Neid diktiert. Weil sie noch nie glücklich verheiratet war. Weil sie keine feste Beziehung hat, sondern dauernd Dramen mit ihren Liebhabern. Und lange Durststrecken ohne Mann. Das verformt den Charakter.

Leider sollte sie Recht behalten. Mit ihren Anzüglichkeiten.

Heute fahre ich also mal nach Düsseldorf. Auf dem Weg zum Südbahnhof, über den Albertus-Magnus-Platz vor der Universität, muss ich Obacht geben, dass mich die jungen Leute nicht über den Haufen rennen. Diese Studenten, diese vielen, diese künftigen Taxifahrer. Da muss ich mich schmal machen, mich an der Wand entlang drücken, immer wieder stehen bleiben, damit die ungehindert vorankommen. Die haben nun mal die Jugend auf ihrer Seite, was aber Gott sei Dank auch seine Nachteile hat. Die müssen sich nämlich auf dreißig oder gar vierzig Jahre Arbeitslosigkeit einrichten, ich schlimmstenfalls noch auf drei, vier.

Man darf es ja nicht laut sagen, weil es berufsschädigend sein könnte, aber ich bin inzwischen Seniorin und habe die Bahncard zum halben Preis bekommen. Das Herumfahren kostet mich insofern nur einen Klacks und es hat eine Menge für sich. Es lenkt mich ab, von Elend und Einerlei. Es kann sich auch, während meiner Abwesenheit einiges, womöglich sehr wichtiges, berufliches, auf dem Anrufbeantworter ansammeln. Das ist dann schön, wenn man wieder nach Hause kommt. Oder wenn nichts drauf ist, ist es nicht so schlimm, weil man unterwegs sicher das eine oder andere erlebt hat.

Die Einfahrt Düsseldorfer Hauptbahnhof, von Köln kommend, ist immer wieder interessant. Wegen des Etablissements, das sich BAHNDAMM nennt. Mit den Frauen, die sich, aufwendig dekolletiert und mit üppigen Lockenperücken auf dem Kopf, aus den Fenstern beugen.

Heute morgen ist nur am Fenster Nummer 28 jemand zu sehen. Eine schwarze Dame mit wilden Ringellocken.

Entweder haben die anderen Damen zu dieser frühen Morgenstunde ihren Dienst noch nicht angetreten oder sie sind schon voll zugange. Da können sie nicht gleichzeitig am Fenster stehen und den Reisenden auf sich aufmerksam machen.

Die schwarze Dame trägt einen blendend weißen Büstenhalter und eine blendend weiße Unterhose, was sich geschickt von der übrigen Schwärze abhebt. Sie muss sich auf einen Stuhl oder auf ein Treppchen gestellt haben, sonst könnte man die blendend weiße Unterhose gar nicht sehen.

So piekfein und adrett ist das alles in Düsseldorf. Blank gewienerte U-Bahnhöfe, zum Beispiel, statt des Gesaues und Gesudels in Köln. Der Kölner entsorgt seinen Unrat eher spontan und lässt Schokoladen- und Bonbonpapier, Flaschen, Dosen, Kippen, Papierbecher, Papiertüten, Frittenreste, Pizzateig, abgegessen, einfach fallen. Und während der Kölner wahllos in der Gegend herum spuckt und pinkelt, hält der Düsseldorfer in dieser Hinsicht eher an sich. Dafür ist der Karneval in Köln besser.

Auch keine Graffiti, hier in Düsseldorf. Ich frage mich, ob die ihre Kids in der kreativen Phase alle in einer Werbeagentur untergebracht haben. - ! - Das war jetzt, meine ich, eine ziemlich humorvolle Bemerkung von mir. Neulich habe ich mir schon mal einen Witz ausgedacht: dass man, wenn man freischaffend ist, mehr frei, als schaffend ist. Das ist so meine Art von Humor.

Auf den Straßen laufen also diese gestriegelten Düsseldorfer herum. Alle Mann wie aus dem Ei gepellt. Sogar die Rentner, die zeitlos chic daherkommen, können sich sehen lassen. Und all diese wunderschönen, erfolgreichen Männer in ihren besten Jahren. Wirklich ganz wunderschön, mit ihren breitschultrigen, dunkelblauen Wollmänteln, den

Kragen hochgeschlagen. Man möchte sie von der Straße weg ins Bett reißen, wäre man nicht selbst, als Frau, ebenfalls in diesen besten Jahren. Und obendrein noch, wie in meinem Fall, underdressed. Ich, mit meinem fusseligen schwarzen Mantel, mit meiner Großeinkaufs-tauglichen Handtasche und mit meinen staubbedeckten Wanderschuhen.

Das mit dem ins Bett reißen, meine ich natürlich nicht so, wie es klingt. Igitt nein. Außerdem bin ich verheiratet.

Immer wenn ich in Düsseldorf bin, kommt mir eine Erinnerung beruflicher Art wieder in den Sinn. An einen Regisseur, einen Boulevardtheaterregisseur, den ich zu Hause besuchen durfte, um mich ihm vorzustellen. Ich habe seiner Frau, die mir dieses Treffen vermittelt hatte, einen Strauß Freilandrosen mitgebracht. Seine Frau hat mich aber nicht begrüßt, als ich kam. Ich hatte den Eindruck, sie war gar nicht da.

Der Boulevardtheaterregisseur hat die Rosen in eine Vase getan und auf einen großen runden Tisch gestellt, auf dem eine Kerze brannte und eine schwarze Samtdecke lag. Auf der schwarzen Samtdecke lag eine vertrocknete halbe Weißbrotstange und lauter Krümel. Wohl Überreste seines Frühstücks, das er so, aus der Hand, gegessen hatte.

Während wir uns nun über mich, und was ich schon alles gemacht habe, unterhielten, hat er sich ein Barthaar entzogen und über der Kerze angeflammt. Wie man das mit Tannenzweigen in der Weihnachtszeit macht. Dann hat er auf ein Radiergummi, das auch auf dem Tisch lag, mit dem Bleistift ein Gesicht gemalt. Dann hat er mit dem Bleistift in den Augen von diesem Gesicht herum gebohrt. Dabei hat er sich mit den Armen in die Krümel gelehnt, so dass sie dort kleben geblieben waren, als er wenig später aufstand, um mir Adieu zu sagen.

Als ich aus der Tür ging, sah ich seine Frau mit rotgeweinten Augen oben hinter einem Fenster stehen. Sie hat aber nicht zurück gewinkt.

Es ist ganz selten, dass man als Schauspieler einen Regisseur zu Hause besuchen darf.

Ich stelle fest, dass mir hier in Düsseldorf auch keiner Platz macht, wenn ich ihm entgegenkomme. Ich meine, so eine kleine, angedeutete Ausweichbewegung, in Anerkennung dessen, dass ich vorhanden bin. Im Gegenteil, es ist, als wollten sie alle durch mich hindurch. Immer wieder muss ich anhalten, mich klein und schmal machen, mich an der Wand entlang drücken, damit ich nicht umgestoßen oder beiseite gerempelt werde.

Im Lokal werde ich auch so bedrängt. Ich setze mich an einen Eckplatz zu ein paar Leuten, weil es so voll ist. Die Frau, neben der ich sitze, isst eine halbe Schweinehaxe mit Püree und trinkt ein Alt dazu. Sie rückt meinetwegen keinen Zentimeter beiseite. Sie breitet sich aus, bestimmt 15 Zentimeter in die Tischplatte vor meinem Stuhl hinein.

Beim Fleischzerschneiden stößt sie mir jedesmal mit dem Ellenbogen an den Oberarm. Während des Säbelns und Kauens hat sie ihre Zigarette direkt vor mir im Aschenbecher abgelegt. Ich rücke also, so weit es geht, auf die Ekke, um den normal mitteleuropäischen Mindestabstand wenigstens ansatzweise herzustellen.

Dadurch, dass ich nun mit meinen Stuhl so weit an die Ecke gerutscht bin, beenge ich, allerdings, wie ich meine, nicht wesentlich, den Durchgang zu der Garderobe. Im Vorbeigehen hinter mir, tölpeln sich die Leute was zurecht. Sie verhaken sich mit den Füßen hinter meinem Stuhlbein oder sie rammen meinen Stuhl mit einer Wucht, dass es mir schließlich das Glas an den Zähnen zerschlägt und der heiße Pfefferminztee auf meinen Pullover schwappt.

Das habe ich direkt kommen sehen, wie die da, einer wie der andere, hinter meinem Rücken herum getrampelt sind. Flecken gibt das aber, glaube ich, nicht. Und die Lippe zerschnitten habe ich mir auch nicht.

Jetzt, auf einmal, sind die Düsseldorfer richtig nett zu mir. Sie kommen sogar von den Nebentischen und bieten mir ihre Papierservietten an, um den Pfefferminztee auf dem Tisch und auf meinem Pullover aufzusaugen. Einer der Herren an meinem Tisch - vielleicht ist es auch nur ein Handwerker, der gerade Mittag macht, aus den Düsseldorfern werde ich nicht so recht schlau, klaubt die Scherben für mich zusammen. Der Kellner eilt herbei und wischt und macht und bringt mir einen neuen Tee. Alle so richtig nett.

Der Herr mit den Scherben fragt, ob er mich auf den Schreck zu einem Schnäpschen einladen darf. Die Frau mit der Schweinshaxe ist jetzt fertig, zahlt, steht auf und geht. Alles ist auf einmal bestens und ich kann mich vom Eck weg, richtig an den Tisch setzen.

Es kommt sogar noch besser! Der Herr mit dem Schnäpschen stößt mit mir an und sagt, dass es ihm eine Ehre sei. "Ja wieso denn, ja wieso denn?" frage ich, aber ich ahne es schon. Und richtig, er sagt:" Na, Sie kenne ich doch! Das sind Sie doch! Sie kenne ich doch vom Fernsehen! Sie haben doch in dieser Moselserie eine Winzerin gespielt! Ich komme nämlich von der Mosel, direkt von Ürzig. Da habe ich mir alle Folgen angesehen!"

"Aber das ist doch bestimmt ein paar Jahre her, dass das gesendet wurde! Und da haben sie mich jetzt noch erkannt? Das finde ich ja toll!" lobe ich ihn. "Ja, Ürzig! Ürzig, verwunschenes Nest! Da haben wir gedreht! Haben Sie bemerkt, haben Sie bemerkt, dass ich die Reben mit dem Bast ganz vorschriftsmäßig, mit einem echten Winzerknoten, hochgebunden habe?! Das habe ich mir von meiner Wirtin, die war Winzerin, extra zeigen lassen! Den ganzen Tag habe ich das mit einem Bastfaden geübt! Ganz beiläufig sollte das aussehen. So als hätte ich das mein Leben lang gemacht. Verstehen Sie, darum geht es mir! Solche Details, diese Genauigkeiten! Darum geht es mir beim Fernsehen. Um diese Authentizität. Ich bin da nicht wie meine Kollegen, die sagen, dieser Schrott, das mache ich nur des Geldes wegen! Ich stehe da voll dahinter! Und bemühe mich so echt, so glaubhaft, so authentisch wie nur irgend möglich zu sein! Darum bin ich mir auch für keine Serie zu schade, sondern ich sehe das als eine Herausforderung für mich, für meine künstlerische Integrität. Nach bestem Wissen, Können und Gewissen, setze ich mich da ein. Egal, wie klein die Rolle ist, verstehen Sie! Ich stehe voll dahinter! Ach, und dann kann ich mich derart begeistern, wo ich da überall hinkomme, wo ich sonst nie, nie hinkäme. Dass ich in so viele fremde Lebensbereiche eindringen darf! In einen Weinberg hoch an einem Hang über der Mosel in Ihrem Ürzig, oder in einen Schweinestall im Westfälischen, wo noch die Schinken im Kamin hängen, oder in ein Schloss, wo ich gerade eine Gräfin gedreht habe, oder in die Intensivabteilung eines Krankenhauses, weil ich neulich Krebs spielen musste. Wann kommt man da sonst hin! Und mir geht es eben um diese Glaubhaftigkeit, dass ich das so echt wie möglich hinkriege, mit diesen vielen kleinen, realen Details. Für mich ist das nicht platt und banal und abgedroschen. Es kommt doch darauf an, was ich daraus mache! Meine ganze Lebenserfahrung, meine ganze Person kann ich da einbringen!"

"Ja, das kann ich mir denken, dass Sie eine richtige Künstlerin sind. Und worin kann man Sie zur Zeit bewundern? Was machen Sie jetzt wieder Schönes?"

Na, nun muss ich ein bisschen lügen. Ich will dem guten Mann, der da mit leuchtenden Augen vor mir sitzt, nicht seine Illusionen über mich nehmen. Das heißt, ich bemerke auch, dass diese seine leuchtenden Augen immer mal wieder seitlich wegflitschen. Er nickt zwar und macht "hm, hm" zu meinen begeisterten Ausführungen, aber er schaut auch schon mal einer vorbei huschenden Gestalt nach, oder guckt nach dem Kellner, weil er vermutlich zahlen möchte. Sowas merke ich sofort.

"Ach, leider ist gerade schon alles gesendet worden, was ich zuletzt gedreht habe", antworte ich ihm. "Und was ich momentan gerade drehe, da kann es ein Jahr, da kann es anderthalb Jahre dauern, bis das auf Ihrem Bildschirm erscheint. Was glauben sie, wie lange das oft dauert, bis der Film fertig geschnitten ist, bis ein geeigneter Sendeplatz gefunden worden ist. Es wird so viel produziert, da liegt natürlich auch einiges auf Halde."

"Na, wenn ich das meiner Frau erzähle, dass ich mit einer Schauspielerin am Tisch gesessen habe!" sagt er und fuchtelt mit dem Arm, damit der Kellner kommt. "Haben Sie das auch gelernt, das Schauspielern? Oder hat man Sie von der Straße weg engagiert? Wir kennen nämlich noch eine Dame, die im Fernsehen geschauspielert hat. Eine Nachbarin von uns, die hat man direkt auf der Straße angesprochen und jetzt ist sie kürzlich in dem "TATORT" mit dem Martin Lüttge dabeigewesen. Haben Sie vielleicht gesehen: In der Szene, wo der in die Kneipe kommt und das Foto von dem Täter zeigt und die Frau sagt, "Ja, das ist der Andy, aber der war schon lange nicht mehr hier."

Na, ich glaube der gute Mann ist doch ein Handwerker. Wenn ich mir so seine dickfingrigen, mit Kernseife geschrubbten Hände ansehe, mit denen er jetzt in seiner Geldbörse herumwurschtelt. Allerdings, vom Garderobenhaken holt er dann einen dieser dunkelblauen Wollmäntel und stellt den Kragen auf.

"Ja denn, viel Glück für Sie und viel Erfolg!" sagt er zum Abschied. Das sagt man nicht bei uns. Bei uns sagt man "toi-toi-toi" oder "Hals-und-Beinbruch". "Schauspielern" sagt man auch nicht. Doofmann.

"Ja danke, danke," sage ich, "auch für den Schnaps! Vielen Dank! Und Ihnen Glückauf dann!" "Glückauf" sagt man vielleicht bei denen nicht, aber das ist mir jetzt schnurzepiepe, drissejal ist mir das, wie man bei uns in Köln sagt.

Trotzdem bleibe ich noch ein bisschen in der Kneipe sitzen und lausche dem Stimmengewirr. Was soll ich auch zu Hause? So allein. Aber vielleicht ist etwas auf dem Anrufbeantworter, wenn ich nach Hause komme. Von meinem Mann aus der Fortbildung.

5

SCHLÜSSELERLEBNIS

Dass ich über eine banale Sache wie das Blumengießen derartig abstürzen kann, habe ich mir nicht gedacht. Ich muss da an ein Bild denken von Luzifers Höllensturz. Dieser Vergleich ist natürlich übertrieben, aber manchmal fühlen sich die Dinge besser an, wenn man sie schlimmer macht. Dann kann man sich sagen, dass man übertreibt. So schlimm ist es also nicht. Es ist ganz einfach banal, wie gesagt.

Jeden Sommer, wenn wir im Urlaub sind, gießen unsere Nachbarn, die Burbachs, unsere Blumen. Unter uns wohnt die Lehrerin Frau Dr. Kroll. Die hat ein ebensolches Abkommen, wenn sie im Urlaub ist, mit diesen Burbachs.

Dieses Jahr ist es so, dass die Burbachs in den letzten beiden Wochen, wenn Frau Dr. Kroll im Urlaub ist, selber verreisen. Aber kein Problem, da sind mein Mann und ich längst wieder daheim, zurück in Köln, nach unseren drei Wochen an der holländischen Küste. Die Burbachs sollen uns vor ihrer Abreise den Schlüssel zu Frau Dr. Krolls Wohnung aushändigen. Dann übernehmen wir das Gießen in den verbleibenden 14 Tagen, bis Frau Dr. Kroll zurück kommt. Alles klar.

Allerdings, vor zwei Jahren, war das auch so ausgemacht und da hatten die Burbachs vergessen, uns den Schlüssel von Frau Dr. Kroll auszuhändigen. Wir konnten nicht in die Wohnung, um die Blumen zu gießen.

Ein heißer Sommer war das gewesen. Sozusagen klimakatastrophal heiß. Wir versuchten mit der Gießkanne, mal mit Tülle ab, mal mit Tülle drauf, von unserem Balkon hinunter, Frau Dr. Krolls Pflanzen zu versorgen. Aber was sie in ihren Zimmern und in den hinteren Reihen auf dem Balkon stehen hatte, das ist vertrocknet.

Na gut, Schwamm drüber, dieses Jahr wird es schon klappen mit der Schlüsselübergabe. Überdies habe ich sicherheitshalber bei Frau Dr. Kroll angefragt, ob sie eventuell einen Drittschlüssel hat. Hat sie. Dann ist das Problem doch sowieso gelöst. Den soll sie mir zur Sicherheit geben, sage ich ihr. Das will sie auch tun. So weit so gut.

Nun kommt hinzu, dass meine Mutter in Folge eines Schlaganfalls schon seit zwei Jahren als Schwerstpflegefall in einem Heim ein paar Straßen weiter untergebracht ist. Ich laufe jeden Tag zu ihr hin. Vier Tage vor unserer Urlaubsreise stirbt sie. Sie ist erlöst. Ich bin erlöst.

Es gibt viel zu tun. Das Zimmer im Heim muss geräumt werden. Die Freunde der Mutter sind zu benachrichtigen. Dankesbriefe an das Pflegepersonal sind zu schreiben und an den Arzt, der sich zu guter Letzt doch erweichen lässt, seine ärztliche Hilfeleistung zu unterlassen und der Sterbenden eine Überweisung ins Krankenhaus zu ersparen.

Das Grab muss gekauft, ein Pfarrer gefunden werden. Die Todesanzeige muss entworfen und verschickt werden. Und dann soll es nichtsdestotrotz in den Urlaub gehen, mit nur ein, zwei Tagen Verspätung durch die Beerdigung.

Auf dem Amtsgericht gibt es den Erbschein. Da warten im Flur auf hölzernen Bänken Grüppchen von glucksenden, tuschelnden Erben, frohlockenden, die wohl alle das große Los gezogen haben. Ich bekomme nichts, aber den Erbschein will ich trotzdem haben. Vielleicht existiert irgendwo im Ausland ein Depot von dem ich noch nichts weiß.

Wie gesagt, viel zu tun: Hörnchen und Röggelchen beschaffen, für das zweite Frühstück mit den Trauergästen nach der Beerdigung, und Käse für eine Käseplatte aus dem exquisiten Käsegeschäft in der Innenstadt. Die Freunde der Mutter schicken Geld in Schecks und Scheinen, von dem ich Blumen, Kränze oder Gebinde für das Grab besorgen soll. Und da fällt mir noch ein, den Drittschlüssel von Frau Dr. Kroll abzuholen, zur Sicherheit.

Ich klingele also bei Frau Dr. Kroll, bitte um den Schlüssel und verbinde dies gleich mit der Nachricht, die ich in der Art einer frohen Botschaft verkünde, dass meine Mutter gestorben ist. "Oh das tut mir aber leid," sagt Frau Dr. Kroll und gibt mir ihren Schlüssel. "Nein," sage ich," das braucht es ihnen nicht. Es ist ja gut so. Sie hat doch so gelitten."

Frau Dr. Kroll versteht das. Das kann ich von dem Mann in der Wäscherei nun nicht erwarten, dass er das versteht. Darum kann ich ihm auch nicht antworten, dass meine Mutter gestorben ist, als er mich fragt: "Was ist denn passiert? Sie sehen heute so gut aus, Frau Johanning. Irgendwas muss doch passiert sein."

Auf der Beerdigung bin ich nochmal traurig. Der Pfarrer weiß nicht, dass meine Mutter schon vor Jahren aus der Kirche ausgetreten ist und hält eine sehr schöne Predigt, in der sogar ein jüdisches Gebet vorkommt. Das will ich jedenfalls wiedergutmachen, dass wir den Pfarrer so gelinkt haben und nächstens meinen eigenen Austritt aus der evangelisch-lutherischen Kirche wieder rückgängig machen.

Wir müssen alle weinen, meine Freunde und ich. Von den Freunden der Mutter ist keiner gekommen. Zwei meiner Kollegen rufen an, mir ihr Beileid zu bekunden. Vier Drehtage hat man dem einen gerade angeboten. "Das ist ja toll," jubele ich und bedanke mich für seine Anteilnahme. Auch dem anderen tut es leid, dass meine Mutter gestorben ist. Auch er hat Großartiges zu berichten: eine Rolle in einer Serie, die durch mehrere Folgen geht! 18.000 Mark! "Das ist ja toll!" schluchze ich, "und danke für den Anruf. Ich habe leider rein gar nichts zu tun seit längerem, nicht einen Drehtag." Das tut dem Kollegen dann auch noch leid.

Der Urlaub in Holland ist angenehm, aber auch so klimakatastrophal heiß. Mir geht es ganz gut. Ich bin auch nicht traurig, nur habe ich ab und zu einen phobischen Anfall auf dem verhuurten Fietsen, dem Fahrrad, das ich gemietet habe, um mit meinem Mann durch das Dünengebiet zum Meer zu fahren.
Wenn mir andere Fahrräder in Doppelreihen entgegenkommen, zum Beispiel, oder gar ein Auto, springe ich vor Angst vom Rad, verheddere mich mit dem Absatz meines Schuhs im Gestänge, so dass ich fast hinein stürze in den Gegenverkehr, vor dem ich mich schützen will. Wie ein Alptraum ist das für mich, auch heute noch, wenn ich mir das vergegenwärtige.

Nach drei Wochen fahren wir zurück nach Köln. Wir gehen beim Friedhof vorbei und stellen Blumen auf das Grab. Ich setze mich hin und beantworte die zahlreichen Beileidsbriefe. Ich erledige den Amtskram.

Frau Burbach hat unsere Blumen trotz der sengenden Hitze und Trockenheit gut in Schuss gehalten. Sie wird auch die Blumen von Frau Dr. Kroll getreulich gegossen haben. Eigentlich müssten die Burbachs dieser Tage wegfahren und ich wundere mich, dass ich nichts von ihnen höre und keine Schlüsselübergabe erfolgt.

"Aber die Burbachs sind doch längst weg!" sagt mir ein anderer Nachbar, als ich ihm auf der Treppe begegne. Oh weh! Da haben die doch tatsächlich schon wieder vergessen, uns den Schlüssel von Frau Dr. Kroll zu geben! Wie sollen wir jetzt die Blumen gießen? Die Blumen von Frau Dr. Kroll.

Wenn wir uns über das Balkongeländer hinunter beugen, können wir sie da unten sehen: eine kostbare, 15 Jahre alte Pflanze in einem großen Kübel, so eine Sukkulente, üppig ausgebreitet, mit dicken, fetten Blättern. Die hält schon was aus. Aber die Petunien, die Fuchsien, der weiße Duftsteinrich, die Lobelien, die Knollenbegonien, die Tagetes in den Balkonkästen, die Topf- und die Zimmerpflanzen!

Ich sag zu meinem Mann: "Kannst Du nicht mal versuchen, von unserem Balkon herunter zu gießen, so wie vor zwei Jahren? Komisch, dass die schon wieder vergessen haben, uns den Schlüssel zu geben, diese Burbachs!"

Er schüttet ein paar Kannen über das Geländer. Das meiste pladdert auf den Hof. Die Pflanzen, die weiter hinten stehen, oder gar die Zimmerpflanzen, kriegen natürlich nichts ab.

Schlimm! Wenn man diese Verantwortung übernommen hat und dieser nicht gerecht werden kann. Das ist schon quälend. Eine Woche ist nun bald um. Heiß, heiß ist es auch. Und trocken. Es belastet mich so, dass ich nicht in die Wohnung von der Kroll kann. Ich habe andauernd Schuldgefühle.

Tag für Tag schütten wir das Wasser vom Balkon hinunter. Es bedrängt mich bis in den Schlaf hinein, dass es so aussieht, als wäre es meine Schuld, dass die Blumen da unten gleich reihenweise eingehen. Den anderen Nachbarn im Haus, wenn ich sie auf der Treppe treffe, sage ich, wie verzweifelt ich bin, dass ich bei der Kroll nicht gießen kann, weil die Burbachs vergessen haben, uns den Schlüssel zu geben. Damit die wissen, dass es nicht meine Schuld ist und vielleicht der Kroll, wenn sie zurück kommt, erzählen, wie ich mir das zu Herzen genommen habe.

Weil mir das Ganze dermaßen peinlich ist, habe ich ein, zwei Tage vor ihrer Rückkehr der Kroll ein Kärtchen in den Briefkasten gelegt. "Liebe Frau Dr. Kroll, wir konnten leider nicht gießen, weil wir den Schlüssel nicht von den Burbachs bekommen haben. Wir haben versucht, von unserem Balkon aus zu gießen. Es tut mir Leid. Gruß, Anke Johanning"

Gleichzeitig habe ich so ein komisches Gefühl, als hätte ich irgendwann einen Schlüssel von Frau Dr. Kroll bekommen. "Du," sage ich zu meinem Mann, "ich bin mir so unsicher. Hat uns vielleicht die Kroll den Schlüssel zu ihrer Wohnung gegeben?" "Nein," sagt er, "wann denn? Wir waren doch schon verreist, ehe sie wegfuhr."

Ich bin beruhigt, schaue aber doch mal eben in unserem Schlüsselschränkchen nach. Da hängen eine Menge Schlüssel an den Haken. Ich sehe allerdings keinen Schlüssel von Frau Dr. Kroll. Oder vielleicht ist es der da. "Komm mal eben gucken," sage ich zu meinem Mann, "ist das vielleicht der Schlüssel von der Kroll?" "Nein," sagt er, "der ist aus der Behörde." (Er ist Beamter.)

Frau Dr. Kroll ist wieder da. Ich weiß nicht, ob sie meinen Zettel inzwischen gelesen hat, wo ich versuche, ihrem Schrecken über so viel Verdorrtes zuvorzukommen. Ich höre und sehe nichts von ihr. Die Frage, ob sie mir den Schlüssel nicht doch vor ihrer Abreise ausgehändigt hat, bedrückt mich sehr. Ich öffne den Schlüsselschrank und schließe ihn wieder. Oh meine Schuld, meine Schuld, meine große Schuld, überkommt es mich dabei.

Endlich steht sie vor meiner Tür. Ach nein, meint sie, so schlimm sei es gar nicht gewesen. Die Pflanzen, bis auf ein, zwei, seien noch recht ordentlich.

"Kommen Sie rein," sage ich. Ich bin ganz ehrlich, obwohl es mir peinlich ist und sage, dass mich die ganze Zeit die Vermutung quält, dass ich den Schlüssel vielleicht doch bekommen habe. Ja, komisch, sagt sie, das habe sie auch gedacht, als sie meinen Zettel gelesen hatte. Aber dann sei sie wieder unsicher gewesen.

"Gucken wir doch mal in unserem Schlüsselschrank nach," sage ich und öffne die Tür. "Da hängt er ja," sagt Frau Dr. Kroll. Das ist nun wirklich peinlich.

Wir setzen uns und plaudern ein bisschen. Frau Dr. Kroll versteht das. Sie meint, das komme davon, dass ich ihr vom Tod meiner Mutter berichtet habe, im selben Moment, als ich ihren Schlüsselbund entgegennahm. Das verstehe ich nicht ganz, aber ich nicke trotzdem und mache einen nachdenklichen Blick dazu. Na ja, meint sie, ich hätte doch in dem Moment, als ich von ihr den Schlüssel nahm, so freudig den Tod meiner Mutter verkündet.

Was soll ich dazu sagen? Freudig ist ja wohl übertrieben. Nun ja, ich muss der Frau wohl dankbar sein, dass sie mir mein Versagen nicht verübelt. Sie erklärt mir noch ausführlicher, wie sie das gemeint hat. Ich höre ihr, so gut es geht, zu.

Da habe sich, psychologisch gesehen, so etwas wie eine Schiebung, Verschiebung oder so ähnlich, sagt sie, bei mir ereignet. Die Schuldgefühle hätten sich bei der Schlüsselübergabe sozusagen überkreuzt und von meiner Mutter weg, auf den Schlüssel, auf das Blumengießen verschoben. Wers glaubt wird selig, denke ich, rufe aber freudig staunend: "Ach so!" Ja, ich schlag mir, höflich, wie ich bin, vor den Kopf vor lauter Erkenntnisgewinn und sage: "Ach so! Jetzt verstehe ich!"

Ich verstehe gar nichts. Aber es ist immer wieder interessant, was für komplizierte Gedankengänge manche Leute haben.

Ich vergaß zu erzählen, dass auf dem Melatenfriedhof viele, viele Papageien leben. Abkömmlinge von ausgewilderten Papageien. Sie sind hellgrün, mit langen, dünnen Schwänzen. Man kann sie schon von weitem quietschen hören. Zu sehen sind sie kaum, in dem sonnigen, hellen Grün der Baumkronen - nur wenn sie in Schwärmen herumfliegen, sieht man ganz deutlich, dass es tatsächlich Papageien sind.

6

DIE OHRFEIGE

Keine zwei Tage später, nachdem Frau Dr. Kroll ihre rätselhafte Äusserung getan hatte, war ich schon in der Universitätsbibliothek und habe zum Thema Verschiebung meine wissenschaftlichen Recherchen betrieben. Der Stichwortkatalog führte mich in die Psychoanalyse, die auch Interessantes zum Thema Trauer und Melancholie zu sagen hat. Mein Thema momentan, wegen meiner armen Mutter. Und auch noch aus anderen Gründen, wie es sich leider nur allzubald herausstellen wird.

Also mit der Verschiebung, da wehrt das Ich, damit bin ich wohl gemeint, etwas ab. Etwas, was Unlust bereitet oder Angst besetzt oder mit Schuldgefühlen verbunden ist. Oder alles gleichzeitig. In besonders schlimmen Fällen, wie bei mir, eben alles gleichzeitig. Verschieben kommt, scheint es, bei Phobikern häufig vor. Sie verschieben dann das Angstauslösende von einem Objekt auf ein anderes Objekt, lese ich. Heißt das jetzt, dass ich eine Phobie hatte, als das mit Frau Dr. Krolls Schlüssel passiert ist? Eventuell eine Schlüsselphobie? Das wäre tatsächlich hochinteressant! Dem will ich unbedingt nachgehen, unbedingt will ich meine psychoanalytischen Studien weiter vertiefen! Ich wollte schon immer gern Psychologin werden!

Jäh werden meine ersten Gehversuche in dieser mich auf Anhieb begeisternden Disziplin zu Fall gebracht. Ein weiterer Anlass für Trauer und Melancholie hat sich urplötzlich ergeben. Dazu muss ich sagen, meine Männerbeziehungen waren bislang nicht besonders schön und nicht besonders schrecklich. Einfach normal ungut. Enttäuschend eben. Und nun ist es mal wieder so weit.

"Das ist keine Laune, es ist mir ernst, ich trenne mich," erklärt mir mein Mann. Ein Beamter, wie gesagt. Höherer Dienst. Einer, der sich auf der Straße bei mir eingehakt hat wie ein Kind. Jetzt wirkt sein Blick kalt und überlegen auf mich. Er sitzt hinter seinem Schreibtisch auf seinem ergonomischen Stuhl mit den Rollen darunter und hat die Hände souverän hinter dem Kopf verschränkt.

Ich muss zugeben, ich habe gemerkt, dass er sich neuerdings parfümierte, obwohl ich das an Männern nicht mag. Zwei Nächte zuvor war er erst um halb zwei, ich lag schon im Bett, nach Hause gekommen. Er war mit seiner Sekretärin in einem Feinschmeckerlokal gewesen oder so ähnlich. Das Parfüm war ein Geschenk von ihr, stellte sich heraus, und hieß "Eternity", zu deutsch "Ewigkeit". Es war gerade neu auf dem Markt gekommen. Tatsächlich war ich mit ihm eine Ewigkeit zusammen gewesen, zwanzig Jahre. Aber so hat die Neue das wohl nicht gemeint.

Wo ich geh und stehe habe ich die Fäuste geballt, fällt mir auf. Früher, als die Beziehung noch Bestand hatte, habe ich die Zähne aufeinander gepresst, bis ich Zahnschmerzen bekam. Das fällt jetzt wohl weg, dafür habe ich die Fäuste geballt.

Und mir fällt auf: die Hunde verbellen mich. Seit ich wegen der Anderen aus der Wohnung raus musste, wohne ich in einer schönen, friedlichen Gegend. Aber kaum gehe ich meines Weges an den Hecken und Zäunen der hübschen Villen entlang, schlagen die Hunde Alarm. Einer, ein Dackel sogar, eigentlich mag ich Dackel, wirft sich in blinder Wut ins Gestrüpp meinetwegen und mit dem Hals bis zum Anschlag durch den Lattenzaun, reißt die Rinde von den Heckenästen, die Augen fallen ihm fast aus dem Kopf vor Hass und fast erstickt er an seinem röchelnden Gebell, wenn ich vorbei gehe. Ich habe es nicht leicht zur

Zeit. Es ist so ein Gefühl, als sei ich in einen tiefen Brunnen gefallen.

Aber wie es das gütige Schicksal so will, meine private Entwertung wurde durch eine unglaubliche Aufwertung von mir als Künstlerin, nicht wettgemacht, nein, aber von einem gütigen Vater im Himmel gelindert. Es ist unglaublich. Es ist so als würde Einer achtgeben, so als würde die ausgleichende Gerechtigkeit herunter schauen und sagen: " So, jetzt hat sie gewaltig einen übergekriegt, jetzt muss sie auch mal wieder was Schönes haben." So geschehen dann diese Wunder, dieses Glück im Unglück:

Ich soll die Mutter eines amerikanischen Weltstars spielen! In einer kleinen, ausdrucksstarken Szene. Eine Drehbuchseite nur. Vier Sätze nur. Aber mit einem amerikanischen Weltstar!

In unserer gemeinsamen Szene arbeitet der Weltstar am Schreibtisch. Ich komme als seine Mutter herein, nörgele an ihm herum und als er Widerworte gibt, verpasse ich ihm eine Ohrfeige. Fertig. Denken Sie Marlon Brando, denken Sie Dennis Hopper, Anthony Hopkins, Richard Gere, Robert Redford! Den wahren Namen möchte ich nicht nennen, aber so in der Preisklasse! Morris Pepper will ich ihn mal zur Tarnung nennen. Gedreht werden soll es in Bottrop, wo die Hollywoodfirma Warner Brothers ein Studio unterhält. Die Hollywoodfirma!

Für die Rolle muss man alt sein und Englisch können. Beides trifft auf mich zu. Wenngleich ich mich innerlich nicht alt fühle, überhaupt nicht. Es kommt aber darauf an, wie man gesehen wird und ich werde alt gesehen. Also ist meine innere Befindlichkeit ohne Belang.

Bei dieser wundervollen Chance ist ein Haken: die Gage. Es ist eine kleine, idealistische Firma und so ein Hollywoodfilmstar kostet viel Geld. Weil es nun eine Ehre für mich und zweifellos ein Glanzpunkt in meiner schauspielerischen Laufbahn ist, soll mir die Gage kein Thema sein. Es soll kein falscher Stolz zwischen mir und einer echten Chance stehen.

Als ich nun aber höre, dass noch drei weitere alte Damen für die Rolle im Rennen sind und ich für die Ausscheidungskämpfe nach Bottrop fahren soll, da begehre ich auf. Für die vier Sätze, für die miese Gage, drei Stunden auf die Autobahn und dann, wer weiß, noch als Verliererin enden - nein, dazu bin ich mir zu schade. Gerade jetzt angesichts meiner (privaten) Erniedrigung, heißt es doppelt Würde zeigen.

Nein, sage ich, als die Produktionskoordinatorin anruft, nein, als der Regieassistent anruft, nein, als sogar der Regisseur bei mir anruft, (sowas kommt selten vor), nein, ich komme nicht nach Bottrop, um diese winzig-kleine Rolle, für diese miese kleine Gage zu kämpfen. Dies muss ich alles auf Englisch sagen, das ich Gott sei Dank fließend beherrsche.

Ich bin erstaunt, dass ich nicht klein beigebe. Ich wusste gar nicht, dass ich so viel Würde im Leibe habe. Ich verzichte dankend auf diesen Glanzpunkt in meiner bis dato mausgrauen Biographie, freundlich, aber bestimmt.

Merkwürdigerweise ruft tags drauf der Regisseur wieder an. Ob ich denn den Text da hätte, ob ich denn, wenn der Regisseur den Text des Weltstars in den Hörer hinein spricht, meinen Text dann erwidern könnte. Ich renne natürlich und hole die Seite mit meinem Text. Das geht wie geschmiert hin und her, obwohl der Regisseur einen miserablen Akzent hat, wenn er Englisch spricht. Zum Schluss sagt er zu mir, ich sei sehr überzeugend gewesen. "Ja und?" frage ich. Ja, jetzt wolle er erstmal die drei anderen als Mutter infrage Kommenden anrufen. Da war ich vielleicht sauer! Da hatten die mich doch in ein Casting hinein getrickst, wenn auch nur in ein telefonisches. Ich wusste gar nicht, dass es so etwas gibt!

Aber nun kommt es. Zwei Tage später, als ich schon aufgegeben habe, rufen sie nochmal an. Ich habe gesiegt! Ich bekomme die Rolle! An der Gage lässt sich zwar nichts ändern aber sie wollen nur mich. Da will ich nicht mäkelig sein, sondern mich freuen, freuen, dass ich mich unter Beibehaltung meiner Würde durchgesetzt und gewonnen habe.

Allerdings, tags drauf, am Sonntag, kommt wieder ein Anruf: Keine Sorge, die Rolle hätte ich. Aber ob ich nicht doch mal schnell nach Bottrop kommen könne. Man wolle sicher gehen und mich dem Star noch einmal vor Drehbeginn vorführen. Nein, nicht vorführen, nur ein bisschen kennenlernen und über die Szene sprechen, OK? Na gut, OK.

Es ist nieselig und nebelig und Warner Bros. hat seine Studios weit draußen in der Einöde. Aber immerhin Warner Bros. Die Büros und Garderoben sind in einem Container untergebracht. Ich werde in ein kleines, eiskaltes Zimmerchen geschickt, wo zwei, drei Leute versammelt sind. "Gleich kommt er, gleich kommt er," heißt es aufgeregt. Ich bin jetzt auch aufgeregt und laufe im Zimmerchen auf und ab, auf und ab. Eine Dame, die für die Kostüme zuständig ist, sagt mir aber, ich soll mich in die Ecke setzen, damit der Star mehr Platz hat, wenn er den Raum betritt. Das ist ja lachhaft, denke ich. Aber gut, dann setze ich mich eben in die Ecke.

Da kommt auch schon ein schrill gewandeter Mann mit Sonnenbrille herein, der mit großem Hallo begrüßt wird. Alle schütteln ihm die Hand. Aha, der Star, denke ich. Als ihm alle die Hand geschüttelt haben, gehe auch ich zu ihm hin und sage: "I am your mother", damit er gleich mein Englisch und meinen Humor mitkriegt. Er ist aber nur der Garderobier von dem Weltstar. Peinlich. Ich setze mich wieder in die Ecke.

Jetzt drängt eine kleine Gruppe herein, alle bleich und angespannt. Einer mit einem langen, schwarzen Mantel, Turnschuhen und einem großen, schwarzen Buch in der Hand, ist bestimmt der Regisseur. Der ist kalkweiß im Gesicht vor Ehrfurcht. Und nun der Weltstar Morris Pepper. Toll. Den Leuten fallen vor Aufregung die Sachen aus den Händen. Sie holen Tee für ihn, fragen, ob er Honig dazu möchte. Er mag Honig in seinem Tee, das wissen sie alle. Sie treten einzeln an ihn heran, einer nach dem anderen und sagen ihm was Nettes, Persönliches oder Vertrautes, je nachdem. Er sieht gut aus, finden alle.

Er guckt und nickt so in die Runde, auch in meine Richtung. Ich überlege, ob er jetzt zu mir herkommt, weil er steht und ich sitze und obendrein eine ältere Dame bin. Da seine Unschlüssigkeit für meine Begriffe etwas zu lange dauert, stehe ich doch lieber auf und gehe zu ihm hin. "I am your mother," sage ich, auch diesmal wieder. Das kommt schon mal gut bei ihm an. Er lächelt, könnte man sagen, weil er natürlich auch merkt, dass ich höchsten 10, 11 Jahre älter bin als er. Offenbar haben wir den gleichen Humor. Das ist schon mal gut.

Die Hand gibt man sich in Amerika nicht, fällt mir ein, als er keine Anstalten macht, meine anzunehmen. Ich setz mich also wieder in die Ecke.

Der Regisseur macht Morris weitere Komplimente und kniet sich vor ihn hin. Ich sei die Frau Johanning, sagt er und zeigt auf mich. Ich sei da, damit er mein Englisch mal hören könne. Und ob er nun mal den Text mit mir durchsprechen würde. Der Weltstar fragt und klingt eine Spur gereizt dabei: "Was soll ich? Was soll ich heute?" Er hat nämlich Jetlag. Naja, es ginge eben darum, dass man mal eben sehen wolle, wie das mit mir und der Szene so geht, dass man mal über die Szene sprechen wolle, sagt der Regisseur und hält Morris das große schwarze Drehbuch hin, die Seite aufgeschlagen. "Ich soll das jetzt laut vorlesen?" fragt Morris, der Weltstar, nun wirklich ärgerlich. "Ja und wegen meinem Englisch und wie wir das mit der Ohrfeige machen wollen," rufe ich munter vermittelnd dazwischen, denn ich weiß um meine Fähigkeit, integrierend zu wirken.

Morris schüttelt den Kopf. Dann liest er seine Sätze und ich dazwischen meine Sätze. Morris fragt "Ist es jetzt gut?" und schiebt das Buch weg, das der Regisseur ihm kniend vor die Augen hält. Naja, meint der Regisseur, es ginge auch noch um die Ohrfeige, wegen der Körpergröße. Wie groß ich denn sei. 1.59 sage ich, denn mitsamt Alterschwund ist das inzwischen meine Größe. Früher war ich 1.60.

Ich soll mich doch mal eben bitte zu dem Weltstar stellen, damit man sehen kann, ob das so geht mit der Größe. Der Regisseur erhebt sich von seinen Knien und ich nehme seinen Platz ein. Der Weltstar steht aber nicht auf, um eine Überprüfung des Größenunterschiedes zu ermöglichen. Er bleibt einfach sitzen. Ich gehe also freundlich in die halbe Hocke, bis mein Kopf auf der Höhe seines Kopfes ist. Ich nehme jetzt einfach die Sache in die Hand und schlage vor, dass es auch ganz lustig sein könnte, wenn ich bei der Ohrfeige kleiner wäre als er. Ich knie mich hin und führe, natürlich nur andeutungsweise, so eine Ohrfeige von unten nach oben vor. Das gefällt Morris. Er lächelt jetzt richtig freundlich auf mich herab und als ich aufstehe und wieder in meine Ecke gehe, knufft der Regisseur triumphierend meinen Arm. Wohl weil Morris mit mir als seiner Mutter inzwischen einverstanden ist.

Einen Tag später beim Drehen bin ich mir da allerdings nicht mehr so sicher. Während wir die Szene proben, guckt Morris stur und missvergnügt vor sich hin und spielt überhaupt nicht mit mir. Vielleicht hat er immer noch Jetlag. Wir proben und proben und proben. Irgendwie läuft es nicht. Hinterher schauen sich Morris und die Anderen unsere Proben auf dem Monitor an. Dann kehren sie mit langen Gesichtern wieder an ihre Plätze zurück, tuscheln eine Weile und rufen dann: "Das Ganze noch mal!" Keine Ahnung, was los ist.

Der Regieassistent eilt zu Morris an den Schreibtisch: "Morris, du siehst unglücklich aus, woran liegt es?" Morris schweigt und bockt weiter so vor sich hin. Ist es, weil ich ihm bei den Proben so oft eine runterhauen muss? Ich schlage nun wirklich gekonnt professionell auf einen gesundheitlich unbedenklichen Teil seiner linken Backe. Mit ausholendem Schwung, damit es nach was aussieht, die Hand jedoch weich und hohl gehalten und unmerklich abgebremst, wenn sie bei ihm ankommt. Trotzdem, vielleicht ist das zu fest, wie ich das mache. Ich pirsche mich ran und frage Morris leise und rücksichtsvoll, ob ich das zu doll mache. Nein, es ist wohl in Ordnung. Morris guckt mich zwar nicht an, aber es ist wohl in Ordnung. Wir proben weiter.

Der Regisseur und der Assistent flüstern schon wieder mit gesenkten Häuptern. Dann kommt der Assi zu mir. Ich soll doch nicht so eine Angst vor Morris haben, sondern spielen. Und ob mir vielleicht irgendetwas einfiele, dass ich nicht nur so rumstehe, wenn ich meinen Text sage. Die Szene müsse ja irgendwie echt und lebendig wirken. Ich sei doch Schauspielerin. Ja, was soll ich denn tun, frage ich. Vielleicht, wenn etwas auf Morris seinem Schreibtisch liegen könnte, dass ich dann ordnen, hin und her räumen könnte, vielleicht. Ich frage laut, ob ich ein paar Requisiten haben könnte auf Morris seinem Schreibtisch. Nein, Morris will das nicht, höre ich ihn dem Assistenten zuzischeln, da kommt nichts drauf auf den Schreibtisch. Na gut, dann gehe ich halt immer auf und ab während der Szene. Schauen wir mal wie das wirkt.

Jetzt sagen sie, ich soll auch mal dazukommen, wenn Morris und die Anderen die Probe im Monitor angucken. Ich sehe vorne ganz groß Morris seinen Kopf im Bild, wie er seinen Text spricht, das heißt, vom Teleprompter abliest, und im Hintergrund sieht man meine rosa Ärmel. Man sieht, wie ich hin und her laufe und die Hände ringe. Das wusste ich gar nicht, dass ich das mache, aber es kommt gut und bereichert die Szene. Ich werde das beibehalten.

Ah! und in der nächsten Einstellung sieht man dann auch mich und meinen Kopf und wie ich immer hin und her renne. Ich finde mich eigentlich toll, mit dem hochtoupierten Haar und dem knallrosa Pullover.

Morris ist aber noch nicht zufrieden. Der Regisseur nicht und der Assistent auch nicht. Die Szene läuft nicht. Jetzt soll ich doch was auf dem Schreibtisch haben dürfen. Also doch. Einen Füllfederhalter. Den lege ich zu Beginn aufgeschraubt hin und während ich Morris herum kommandiere, nehme ich ihn ärgerlich auf und schraube ihn ärgerlich zu.

Das war offensichtlich eine gute Idee von mir. Ich komme richtig in Fahrt. Drei, vier Mal ziehen wir die Szene jetzt durch. Ich renne hin und her hinter seinem Rücken, zetere was das Zeug hält und haue ihm mit wohl kontrolliertem Schwung immer wieder eine runter, wie es sich gehört.

Jetzt sind sie auf einmal alle zufrieden. "Und woran lags?" fragt Morris. "Chemie," sagt der Regisseur und meint wohl damit, dass Morris und ich endlich zueinander gefunden haben. Toll. Das hat richtig Spaß gemacht, die Szene so gemeinsam zu erarbeiten.

Ich will nicht übertreiben und sagen, dass ich mich auf Weltniveau behauptet hätte. Aber stolz bin ich schon, dass ich nun überall erzählen kann: "Ich habe Morris Pepper geohrfeigt." Ach was, Morris Pepper! Jetzt kenne ich nichts mehr! Die Welt soll es wissen! Nicht Morris Pepper! ICH HABE DENNIS HOPPER GEOHRFEIGT! Ich!

Vielleicht kommt diese wunderbare Begebenheit eines Tages meinem Ex zu Ohren. Da mag er nachdenklich werden, wen er da verloren, wen er da leichtfertig und unwiederbringlich von sich gestoßen hat.

7

EINE WÄRME MIT DER MAN NICHTS ANFANGEN KANN

Sterben wäre schade, muss ich denken, als ich zum Bus gehe. Der rosige Abendhimmel, die Frühlingblüten an den Bäumen - es wäre schade, das nicht gesehen zu haben.

Der Dennis Hopper, der geht mir nicht aus dem Sinn. Eine einmalig schöne Erinnerung ist das für mich, Dennis und ich, auf gleicher Augenhöhe. Großartig war das. Obwohl, es gab Momente, in jedem Riesen schlummert ein Zwerg, habe ich mir da im Stillen gedacht.

Bei mir ist das umgekehrt. Ich sei der stärkste Zwerg der Welt, hat dieser Beamte, mein Ex, oft zu mir gesagt, wenn er guter Dinge mit mir war. Auch eine schöne Erinnerung, das. Es war so nett und herzlich von ihm gemeint. Aber es hat mir schließlich nichts genutzt, dass er mich einst so nett und herzlich wahrgenommen hat. Ich war ihm schon lange nicht mehr willkommen gewesen.

Die Andere, seine Neue ist übrigens auch nicht größer als ich, nur attraktiver.

Und ich als Schauspielerin, das war auch nichts. Da ist nicht dran zu rütteln. Ich stecks auf, ich lass es künftig bleiben, nichts als blamabel ist es gewesen. Ich kann mir ja nicht in alle Ewigkeit etwas vormachen. Ewigkeit. Ach so ja. Schwamm drüber.

Vielleicht wäre ich besser meiner wissenschaftlichen Neugier nachgegangen, die in meiner Jugend, neben dem theatralischen Drang, ebenfalls spürbar vorhanden war. Beziehungsweise immer noch vorhanden ist - ich verweise nur auf meinen vorangegangenen Exkurs in die Astronomie. Auch mein Talent für algebraische Gleichungen ist verpufft, wie vieles anderes. Wie auch zum Beispiel meine Heiterkeit, die ich selbst nicht erinnere, wohl aber meine Mutter, die, zu ihren Lebzeiten, fast vorwurfsvoll in Hinblick auf meine spätere Schwermut zu sagen pflegte, ich sei ein so heiteres Kind gewesen.

Ich bin mir eigentlich immer peinlich, wenn ich auf mich und meine Lebensbemühungen zurückblicke. Ich erinnere mich nicht gerne an mich. Ich sehe mich zum Beispiel mit diesem schwergewichtigen Kollegen, dem ich erfolglos nachstellte. Wie ich mich ihm wieder einmal zu nähern suchte, peinlich, peinlich, sagte er zu mir, ich hätte keinen Hintern. Das habe ich nicht gewusst. Als ich mich, durch diese Aussage veranlasst, im Spiegel überprüfte, sah ich, dass er Recht hatte. Ich bin tatsächlich abgeflacht und wenig reizvoll. Es macht auch so einen merkwürdig schiebenden Gang, wenn man mich von der Seite betrachtet, hörte ich unlängst jemand sagen.

Meine Hüften runden sich nicht, der Bauch dringt vor, die Arme hängen mir bis zu den Knien herunter. Jetzt kommen auch noch die Einbrüche des Alterns hinzu. Ich kann nicht ausschließen, dass mein Misserfolg beim anderen Geschlecht, mein Versagen als Künstlerin eine Funktion der Summe meiner körperlichen Defizite ist.

Apropos meiner wissenschaftlichen Begabung: ein Phänomen im Zusammenhang mit dem mir abhanden gekommenen Beamten hat mir zu denken gegeben. Ich bin schließlich was das Verlassenwerden für eine Attraktivere angeht kein Einzelfall. Ich habe viele Freundinnen in meiner Altersgruppe, also alt, die nach einer Ewigkeit (Eternity) des Zusammenlebens wieder auf sich gestellt wurden. Und hierbei kommt es zu diesem Phänomen: Egal ob die Katastrophe ein, zwei, sieben, oder zwölf Jahre her ist, die Frauen kommen nicht vom Fleck.

Sie jammern, sie seien die Steigbügelhalter gewesen zu seinem Erfolg, in den er jetzt, ohne sie, seinem hohen Ross die Sporen gebend, hinein galoppiert. Sie seien die Teststrecke gewesen, für eine spätere, glücklichere Partnerschaft. Jetzt, mit der Neuen, würden die Kerle alt werden wollen, das Trinken drangeben, nicht mehr fremdgehen und mit Fertiggerichten zufrieden sein. Mit sowas quälen sie sich gedanklich herum und finden zu keinem neuen Mann.

Den Männern hingegen geht es bombig. Sie blühen auf in neuer Partnerschaft, ernten die Früchte ihrer Liebes- und Lebensmühen, sie strotzen vor Erfolg und Glück. Alles sprießt, fließt und er genießt. Die neue Frau, die neugeborene Welt, alles ist ihnen ein Wohlgefallen. Sogar der verflossenen Gattin vermögen sie in gerührter Großmut mit Liebe (platonischer) zu gedenken.

Die Frauen wissen, wie rundherum bombig es denen geht und sie verzehren sich proportional in Neid, Missgunst, Eifersucht, Selbstmitleid, Bitternis, Bosheit, in lähmendem Verdruss, in zerberstendem Hass und schlafraubenden Rachephantasien, in farbenfrohen, aber fruchtlosen Verwünschungen.

Warum geht es bei dem Sieger weiter und bei der Verliererin nicht? Warum bleibt sie auf der Strecke, warum geht sie leer aus, während er, erotisch beflügelt, voller Elan, vom Leben reich belohnt wird. Was geht da vor, frage ich mich, als betroffene Verliererin.

Meine Prämisse, und hier wird es wissenschaftlich, ist folgende: Im Falle der Trennung muss sie in ihrer Gattenliebe abrupt innehalten. Die Verlassene erfährt eine Vollbremsung ihrer bisherigen gefühlsmäßigen Strebungen, dass es nur so kracht. Er hat Rückenwind für seine Gefühle, während sie mit den ihrigen vor eine Wand läuft. Da geht was nicht weiter. Da rastet was ein. Er, in voller Fahrt, mit Schisslaweng zu neuen Ufern, sie, in ihren guten Gefühlen abgewürgt, läuft auf Grund und steckt da fest. Vorwärts gehts nicht, rückwärts gehts nicht. Sie verbeißt sich in ihre Niederlage und kommt nicht los.

Wenn ich nun die eben beschriebenen Gefühlsäußerungen in die Wissenschaft überführe und auf den Begriff "Energie" bringe, dringe ich, ehe ich mich versehe, mein eigenes Elend verobjektivierend, in die Lehrbuchabteilung der Universitätsbibliothek ein und in den Bereich der Physik vor. Ich stoße bei meinen trauergeleiteten Recherchen auf die sogenannte Entropie, als Maß des Chaos und der Unordnung. Das liest sich wahrhaftig wie eine Paraphrase auf mein Unglück mit diesem Beamten. Die Entropie, heißt es, sei der Grad der Ungewissheit über den Ausgang eines Versuchs. Eine Umschreibung, die sich mühelos auf die Ehe und das potentielle Scheitern derselben übertragen lässt. Es ist keine Frage, ich bin auf der richtigen Spur.

Wenn eine Bewegungsenergie eine Bremsung erfährt, lese ich, entsteht eine Wärme, mit der man nichts anfangen kann. Zum Beispiel, wenn einer auf der Straße rennt und hinfällt. Sein Hosenboden erhitzt sich, die entstehende Wärme ist für die Katz. Oder man kann die Ohrfeige nehmen, die ich dem Dennis Hopper mit so großem Erfolg verpasst habe: auch eine Bewegung, die gebremst wird und eine Wärme erzeugt, mit der man nichts anfangen kann.

Drängt sich da nicht förmlich das Bild einer treu liebenden Gattin auf, wie sie auf ihrer Liebe, die zu nichts nutze ist, sitzen bleibt. Ihre Bewegungsenergie schnöde abgebremst, ist es kein Wunder, dass sie nicht vom Fleck kommt. Die durch die Bremsung entstehende Wärme ist genau so unnütz, wie die Frau sich jetzt vorkommt.

Weitere frappierende Parallelitäten zu meiner Misere tun sich mir bei der Lektüre auf, die ich im folgenden in Klammern kenntlich zu machen versuchen werde: Nutzbare Wärme, heißt es, entstehe nur solange sie von einem wärmeren (ich) zu einem kälteren Körper (er) übergeht. Tatsächlich habe ich in diese Beziehung unheimlich hinein gebuttert. Genau so war es. Weiter ist zu lesen, dass in einem geschlossenen energetischen System, (die Ehe, hähä!) die Intensitätsdifferenzen sich allmählich ausgleichen (trügerische Harmonie!). Wenn das passiert, tritt der sogenannte Wärmetod ein. Dann ist alles aus. Dann geht der Mann fremd. Das ist, scheint es, bis in die Moleküle hinein zwangsläufig gewesen, strengstens determiniert, wie man sagt, was mir mit diesem Beamten widerfahren ist.

Meinen Thesen fehlt vielleicht noch der letzte logische Schliff aber dass da eine wissenschaftliche Begabung irgendwo in mir schlummert, wird mir jetzt klar. Schmerzlich klar, wegen der langen verplemperten Zeit mit der Schauspielerei und weil nun wirklich alles zu spät ist, für eine Umkehr, für einen beruflich-wissenschaftlichen Neubeginn, so kurz vor meiner Rente.

8

ABSCHIED VOM MITTELFELD

Ich will nicht behaupten, dass ich nun in den Besitz meiner Altersweisheit gelangt bin. Aber ich stehe kurz davor. Ich wollte schön, beliebt und erfolgreich sein. Ich wollte jeden Tag viel auf dem Anrufbeantworter und viel im Briefkasten haben. Nun soll meine Habgier ein Ende haben. Und die Männer, der Film, das Fernsehen und das Theater, die können mir ab jetzt gestohlen bleiben. Tatsächlich, wenn mir die Männer jetzt bald so wurscht sind wie Film, Funk und Fernsehen, dann habe ich ausgesorgt. Dabei wäre ich durchaus gern ein altes Ehepaar geworden.

Ja, wie Goethe seinem Tasso, gab auch mir ein Gott zu sagen, wie ich leide. Mitten in der Nacht erwache ich, inspiriert, wie so oft, und greife zu dem Heftchen auf meinem Nachttisch, das extra für solche kreativen Schübe bereit liegt. Und dann fließt es mir en bloc aus der Feder, mühelos, so als hätte es Wochen und Monate heimlich in mir gedichtet:

Weil ich so faul und eitel bin
Stand nach Theater stets mein Sinn
Nach fünfzig Jahren ist mir klar
Dass alles nur ein Irrtum war

Die Höhen hab ich nicht erklommen
Die ich mir einst als Ziel genommen
Bin quer durchs Mittelfeld geschwommen
Im Rentenalter angekommen

Vom Thespiskarren wird mir schlecht
das Fernsehn machts mir auch nicht Recht
Nicht Männern nur, auch Regisseuren,

bin ich gewillt nun abzuschwören

Ich frage nur, wie geht es weiter
Wie werd ich endlich froh und heiter
Wie leb ich aus mir selbst heraus
Und seh die Welt nicht mehr als Graus

Wie werd ich frei von dieser Qual
Da Ehrgeiz mir die Laune stahl
Wie nehm ich Abschied von den Dingen
die mir nur Pein und Ärger bringen

Es erstaunt mich selber. Hätte ich nur meinem Genius mehr vertraut! Wäre ich nur Dichterin geworden! Es wäre heute anders bestellt um mich. Zu spät! Auch wenn mein Unglück all meine schlummernden Talente weckt und ihnen förderlich ist, ich muss mich fragen: was bleibt an Zukunft, an Ziel, an Perspektive für mich? Was? Da überkommt mich doch eine Bitternis. Ich bedanke mich bei mir für mich, denn ich bin alles was mir geblieben ist.

Meinem Ex hingegen, dem geht es bombig. Es macht ihm vermutlich Freude, jetzt Fliegen, Spinnen und Wespen totzuschlagen, da er durch meine Tierliebe vormals daran gehindert war. Und das Mülltrennen hat er auch aufgesteckt.

Ich habe zur Zeit so etwas Händefaltendes. Wie eine richtige alte Frau. Ich ertappe mich, wie ich dasitze und die Hände falte. Keine Dynamik mehr drin. Einfach schlapp.

Sagte mir doch neulich eine herausgeputzte Altersgleiche, mit der ich in der Straßenbahn ins Gespräch kam, ich solle mal auf den Friedhof gehen. Da gäbe es jede Menge Witwer, des Alleinseins so müde wie ich. Vorsicht sei nur geboten, wenn der Trauernde bereits Anzeichen einer altersbedingten Erkrankung erkennen lasse. Trotzdem dürfe ich nicht allzu wählerisch sein, der Markt sein nun mal knapp. Sagte sie und spielte mit ihren schön lackierten Fingernägeln an ihrem goldenen Halsschmuck. Gegen so eine ist schwer anzukommen.

Aber ihre Anregung will ich doch aufgreifen. Die Engel im Himmel, wenn sie unten auf Erden Hilfe und Orientierung geben möchten, nehmen zu diesem Behufe gern die Gestalt abwegiger, fremder Menschen an. Das habe ich einmal irgendwo gelesen.

Ich gehe oft ans Grab meiner Mutter - Buchsbaum ringsrum, Efeu als Bodendecker, in der Mitte die Saisonbepflanzung und neben dem Grabstein ein Rhododendron, der Jahr für Jahr nörgelnd die Blüte verweigert. Ich kann mich aber nicht besinnen, dieser Witwer, in dem genannten Ausmaß, ansichtig geworden zu sein. Und einen Witwer kann ich auch heute nicht ausmachen, an diesem regnerischen Nachmittag. Wohl nähert sich mir diese Witwe vom Grab nebenan, weinend unter einem Regenschirm, den sie zur Hälfte über mich hält, damit ich noch eine Weile bei ihr bleibe und, wie gewohnt, an ihren Klagen teilnehme, bis ihr Bus in 5 Minuten fährt. So schön sei er gewesen, ihr verstorbener Mann. (Ich weiß, ich weiß.) Mit seinem weißen Haar und alles Locken. Noch bei der letzten Wanderung an der Ahr mit seiner Koronargruppe sei er allen, die Weinberge hinauf und hinunter, davongelaufen. (Ich weiß.) Und dann ist er auf dem Weg ins Bad auf seinen Defibrillator gefallen und war sofort tot.

Ich bleibe alleine im Regen zurück. Diese Witwe ist zu beneiden. Sie kann an Fest- und Feiertagen, Geburts- und Hochzeitstagen seine Fotografie im Silberrähmchen mit Blumen schmücken, eine Kerze anzünden und die Fotoalben alle noch einmal durchsehen. Das alles kann ich nicht. Schon aus dem Grunde, dass ich alle Fotos meines Verflossenen in den Müll geworfen habe, samt der Negative für eventuelle Nachbestellungen.

Außer mir steht noch einer im Regen, sehe ich erst jetzt. Tatsächlich ein Witwer, wie es scheint. Trotz der Regentropfen hat er die Mütze vom Kopf genommen und steht mit gefalteten Händen, offenbar im Gebet versunken, vor dem makellos gepflegten Grab seiner verstorbenen Gattin. Auch als ich zwei, dreimal hinter seinem Rücken vorbei schlendere, beachtet er mich nicht. Dabei kann ich auf dem Grabstein lesen, dass die Betrauerte inzwischen acht Jahre tot ist. So treu hätte man mir mal sein sollen!

Zu Hause guck ich nach, ob nicht doch vielleicht ein Bild von meinem Ex irgendwo übriggeblieben ist. Ich finde aber keines.

Wenn man seine Gefühle nicht mehr teilen kann, dann muss man sie für sich behalten.

Alte Männer, so wie der Herr auf dem Friedhof, haben etwas Rührendes, denke ich. Alte Frauen vermutlich auch. Ich war einmal auf der Promotionsfeier einer Bäckerstochter eingeladen. Es gab allerlei zu essen dort: Lauchquiches, zweierlei Suppen und die verschiedensten Canapes auf spiegelnden, silbernen Platten. Dazwischen, so als glitten sie übers Wasser, Schwäne aus Windbeutelteig, mit Käsecreme gefüllt, wie der Vater, der alte Bäcker, stolz erklärte. Die hatte er persönlich für die Promotionsfeier gebacken. Eine seiner Spezialitäten für festliche Anlässe, als er noch die Bäckerei betrieb. Aber von den Schwänen hat keiner welche gegessen. So etwas bricht mir das Herz.

Sterben wäre trotzdem schade. Wegen der Morgenröte und den frühlingsfrohen Vogelstimmen. Ach ja. Und der Decksteiner Weiher glitzert wie Brillanten, wenn die Sonne darauf scheint. Und vielleicht wurden die Windbeutelschwäne nicht gegessen, weil sie zu schön waren. Vielleicht habe ich bei den Männern und in meiner Kunst keinen Erfolg gehabt, weil ich ein so außergewöhnlich wertvoller Mensch bin. Oder was weiß ich.

Ich gehe jetzt mal ins Kino. Ins Theater gehe ich nicht so gerne, hier in Köln, weil ich da so viel Gelegenheit bekomme, mich als Frau durch die schwule Brille zu sehen. Da gefalle ich mir überhaupt nicht. Da werden die Männer immer adrett mit dekolletiertem Oberkörper gezeigt, auch die Hinteransicht ist ansprechend gestaltet, so dass die Sache durchaus seinen Reiz hat. Wir Frauen hingegen, egal ob alt, jung, dick, dünn, zicken herum in einer Art weißem, ärmellosem Anstaltshemd. Das Haar fettig gesträhnt, kalkweißer Teint, knallroter Mund und wir rollen, kaum geht der Vorhang auf, die Schräge herunter, mit diesen lappigen gräulich-fleischfarbenen Schlüpfern und bleiben mit gespreizten Beinen am Portal liegen. Immer rollen wir, und wenn es eine Treppe ist, irgendwo herunter und bleiben im Spagat liegen. Das hat was mit unserer Begierlichkeit zu tun, weil wir immer wollen und die Männer eben nicht. Wenn keine Treppe oder Schräge zum Rollen vorhanden ist, fallen wir auch so, wenn wir des Mannes unserer Wahl ansichtig werden, zu Boden und machen diesen verzweifelten Spagat. Bei so viel Drang, gebündelt mit Unansehnlichkeit und Verzweiflung, wäre ich auch lieber schwul.

Ich ziehe also das Kino vor. Da läuft gerade dieser Film über diese alternde Alkohol- und Tablettensüchtige Schriftstellerin, die menschlich und künstlerisch am Ende ist. Die sich umbringt. Sehr gut besprochen wurde dieser Film. Ihr eigener Sohn hat ihn inszeniert und das Drehbuch dazu geschrieben.

Im dem Bus, der unser Villenviertel mit der Innenstadt verbindet, sitzen an diesem Nachmittag jede Menge meiner Altersgleichen, dieser feuilleton-gewieften alten Tanten. Und was ich so höre, wollen sie alle auch ins Kino, in diesen Film. "Er ist ja so gut besprochen worden." "Es geht um diese Schriftstellerin und er ist der Sohn." "Die Schauspielerin heißt auch so." "Sind sie denn verwandt?" "Nein, sie sind nicht verwandt." "Der Film ist sehr gut besprochen worden." "Der ist von dem Sohn..." "Die heißt auch so, aber sie sind nicht verwandt." "Ach so, ach so, natürlich, die Riesenzwerge. Hochinteressant."

Und natürlich wollen sie alle in die Nachmittagsvorstellung. Genau so wie ich, weil so vor Einbruch der Dunkelheit die Gefahr eines Überfalls einigermaßen vom Tisch ist. Eines Überfalls in den schönen stillen, einsamen Straßen unseres Villenviertels, wo es so berauschend und frühlingsfrisch nach blühenden Bäumen und Büschen und Gärten riecht, wenn man aus dem Bus steigt.

Als ich ins Kino komme, sitzen noch mehr von diesen betulichen, frohgemuten alten Tanten da. Meist in Gesellschaft einer altersgleichen Freundin, aber nur weil sonst kein Hahn mehr nach ihnen kräht. "Über seine Mutter.." "Aber keine verwandtschaftliche Beziehung." "Keine verwandtschaftliche Beziehung?" " Nein, keine verwandtschaftliche Beziehung." " Ist sehr gut besprochen worden." "Nein, der Sohn heißt anders, es ist aber der Sohn." Knuspern an Schokoriegeln herum, freuen sich, plappern daher, dass es ein Graus ist. Alle gehen sie in die Nachmittagsvorstellung. Und alle sind sie alt.

Wenn man alt ist, ist dieser Film doppelt traurig anzusehen. Wie diese arme, alternde Schriftstellerin keinen Erfolg mehr hat. Wie sie am Ende ist und überall abprallt und nicht weiß, wo sie hin soll. Das ist so herzzerreißend jammervoll mit anzusehen, weil ich und diese anderen tutteligen alten Tanten auf einmal merken, dass es bei uns innerlich genau so herzzerreißend jammervoll aussieht, wie bei der Mutter von diesem Regisseur, bei dieser Schriftstellerin, die sich zu guter Letzt aus einem Fenster in den Tod fallen lässt.

Auf dem Nachhauseweg ist es mir eigentlich wurscht ob mich jetzt einer überfällt oder nicht, so hat mich der Film mitgenommen.

Ich schlucke keine Tabletten und saufe auch nicht wie diese arme Schriftstellerin, aber einen Kräutertee mache ich mir schon und setze mich noch ein bisschen auf den Balkon, um mich zu erholen. Ich wusste gar nicht, wie schlecht es mir geht. Das ist mir erst durch diesen Film klar geworden.

Da ruft doch in dem Moment einer an. Wie immer, wenn ich denke, es geht nicht mehr. Ein Filmemacher in spe. Für seine Aufnahmeprüfung dreht er ein Filmchen und er will mich. Mich.

Um ein älteres Industriellen-Ehepaar geht es, sagt mir dieser Jungfilmer, das am Abendbrottisch sitzt und sich nichts mehr zu sagen hat. Es wird geschwiegen, gelöffelt und gekaut. Man soll die Zeit tröpfeln hören können. Schön sagt er das. Und, dann auf einmal, springen beide auf und werfen sich gegenseitig die Verfehlungen an den Kopf, alles, alles, was sich im Laufe langer Ehejahre traumatisch in beider Gedächtnis eingebrannt hat. Großartig! Gedreht wird in Poll im Keller einer ehemaligen Essigfabrik! Und ob ich ein Abendkleid habe, das ich in dieser Rolle tragen kann! Habe ich! Ich bin begeistert! Jetzt will er mir morgen den Text faxen und übermorgen wollen wir schon drehen.

Meinen Partner hat er auch schon, kein Schauspieler zwar, ein Freund seines Vaters, ein pensionierter Beamter aus dem mittleren Dienst, dem vor einem halben Jahr die Frau verstorben ist und dem man unter die Arme greifen muss. "Oh, oh, oh, kein Schauspieler! Oh, oh, oh, das geht aber nicht," unterbreche ich. "Wissen Sie, ich bin schließlich Profi und Dilettanten sind mir grundsätzlich zuwider." "Aber nein," beruhigt mich der Jungfilmer, "dieser Herr ist mehrfach als Komparse im Fernsehen aufgetreten." Er sei sehr gefragt, offenbar ein Naturtalent und außerdem hätte ich den meisten Text. "Alles klar?" Komparsen sind nun ganz was Schlimmes, wie jeder weiß, aber arrogant möchte ich auch nicht auf diesen jungen Menschen wirken. "Naja, nun gut," sage ich, mit mütterlich oder großmütterlich weiser und warmer Stimme, "alles klar!"

Als ich auflege, merke ich, dass ich erstaunlich beschwingt bin. Einen Witwer könnte ich gebrauchen. Da muss das Private halt mal Vorrang vor meinem künstlerischen Anspruch haben.

Ich mache mich schon mal probeweise schön für diesen verwitweten Kandidaten und gehe hinaus, meine morgendlichen Einkäufe zu erledigen. Die grauen, grauen Brauen nachgezogen, ein Strichlein um die Augen und auf die Lippen den hochmodernen superdunklen, herzkrank anmutenden Lippenstift, vorbei an der katholischen Grundschule für die gehobene Kindheit in Deckstein. Es ist Pause. Entzückend, wie sie tollen und spielen. Drei kleine Mädchen sitzen unter dem blühenden Forsythienbusch am Zaun und lachen mich an. "Omi, alte, alte Omi!" schreit das eine Mädchen. "Arschloch!" kontere ich souverän. "Alte Arschloch-Omi, Omi, alte Arschloch-Omi" schreien nun alle drei, hinter mir her, bis ich die Straße hinunter und um die Ecke bin.

Beim Nachmittagsschläfchen habe ich einen bösen Traum: Mein Jungfilmer kommt und holt schon von weither mit dem Arm aus, um ihn mir um die Schultern zu legen, um mich beiseite zu nehmen, um mir zu sagen, dass meine schauspielerische Leistung sehr, sehr zu wünschen übrig lasse.

Ich bin sofort wach. Aber trotzdem, ich mach das, ich sage zu. Natürlich sage ich zu. Natürlich unterstütze ich diesen jungen, hochbegabten Menschen. Er soll meine Investition in die Zukunft sein. Wenn ich ihm, sagen wir, fünfzehn Jahre gebe - das reicht dicke um Karriere zu machen - dann kann er mich für eine Rolle holen, in einem Film oder in einem Fernsehspiel, öffentlich-rechtlich, beste Sendezeit. Dann kann er was für mich tun, so wie ich jetzt was für ihn tue, idealistisch, vertrauensvoll und unentgeltlich. Dann bin ich zwar knapp achtzig, wenn er seine Karriere macht, aber gerade im hohen Alter sind gute Schauspieler gefragt. Wenn sie so geistig rege und künstlerisch flexibel sind wie ich sowieso.

In der Nacht habe ich leider wieder einen bösen Traum, einen regelrechten Alptraum, aus dem ich jagenden Herzens aufschrecke. Beim Dreh - mein Partner, der Witwer, der Dilettant, ist auch dabei - mäkelt der Jungfilmer dauernd an mir herum. Ob ich den schon mal was fürs Fernsehen gemacht hätte. Das sei mehr so Theater, was ich da biete, lange nicht so natürlich und glaubhaft wie das, was mein Partner macht (der Witwer, der Dilettant). Ich soll mal Acht geben, wie der das macht.

Ich bin empört! So bin ich noch nie beleidigt und erniedrigt worden! Ich werfe meinen Mantel über das Industriellengattinnenabendkleid, das ich für den Dreh zur Verfügung gestellt habe und verlasse diese Essigfabrik, diesen Keller dieser Essigfabrik, der feucht und kalt und scheußlich ist.

Draußen kauere ich mich im Traum vor das Kellerfenster und werfe einen letzten Blick hinein, in diese Gruft, mit diesen beiden völlig unbegabten Dilettanten. Und da sehe ich, wie eine mollige Frau in meinem Alter aus einem Verschlag kommt. "Trudi, sie ist weg. Jetzt bist du dran," ruft der Witwer, der Dilettant. Ein abgekartetes Spiel also, denn die Mollige fängt sofort mit meinem Text an. Ganz offensichtlich ist sie eine langjährige "Bekannte" des Witwers. In den Kreisen nennt man seine Kebsen ja "Bekannte". Wahrscheinlich die "Bekannte", wegen der die Gattin des Witwers vor Kummer eines frühen Todes gestorben ist.

Das lass ich mir eine Warnung sein! Sofort morgen früh rufe ich an und sage den Dreh ab! Meinetwegen täusche ich irgend ein Altersgebrechen vor, damit es glaubhaft ist. So ein böser Traum war das! Ich hoffe jedenfalls, dass es ein Traum war. Ich werde ja sehen, wenn ich morgen aufwache, ob es Gott sei Dank nur ein Traum war. Manchmal allerdings wacht man auf und es war gar kein Traum. Sondern es ist wirklich so und wird so bleiben, egal wie oft man aufwacht. Das kommt auch vor.

Ich höre ein leises Zirpen und Zwitschern. Es ist über meinen Träumen schon beinahe Morgen geworden. Ich springe schnell aus dem Bett und stelle mein Fenster von Kipp auf sperrangelweit offen. Damit ich die süßen Frühlingsvogelstimmen beim Weiterschlafen hören kann. Ich sehe die Türkentaube brütend in ihrem Nest, in der rotblühenden Kastanie direkt an meinem Fenster und schlüpfe wieder unter die Decke.

Ich kann sie hören, alle. Die feierlich flötende Amsel, den Rotschwanz, füid-tek-tek, den Kleiber, qui qui qui qui, die Blaumeise, Parus caeruleus. Zeretetet, der Zaunkönig, ein starker Zwerg auch er, laut schmetternd mit harten Trillern.

Vielleicht wäre ich besser Ornithologin geworden. Ach ja.

"Ein Morgen rosenzart/zwischen den Zweigen/vor meinem Fenster/um fünf Uhr früh." - Oder Dichterin. Oder Ornithologin. Ach ja.

9

ALLES ESSIG IN DER ESSIGFABRIK

Schrill holt mich das Telefon aus meinen japanisch-lyrischen Träumereien. Es ist mein Jungfilmer. Na warte. Das heute Nacht hat mir gereicht. "Es tut mir wirklich furchtbar leid," setze ich an, um meine Absage einzuleiten. Er aber sprudelt los, er habe nun eine ganz andere Idee für sein Bewerbungsfilmchen. Wie ich das fände, nämlich eine Gefängnisaufseherin zu spielen, die extrem kurzsichtig ist, aber zu eitel um sich eine Brille aufzusetzen. Das wäre eine Szene, wo ich die Zelle einer jungen Gefangenen auf verbotene Gegenstände durchsuchen muss. Ob ich mir das zutraue, das zu spielen. Ob ich mir das zutraue? Hat der Mann einen Knall? "Ich bin Profi," kann ich da nur sagen. "Und Ihr Freund, der Witwer? Was soll der dann spielen?" "Ja, das ist eben das Problem," jammert mein Jungfilmer, "der kann nicht." "Wieso, der kann nicht? Es war doch vereinbart. Sowas sagt man doch nicht einfach ab! Wo Sie so kurz vor dem letzten Einsendetermin stehen."

Nun soll dieser Jungfilmer erfahren, wie ein Profi reagiert. Kein Wort über den umsonst gelernten Text der Industriellengattin. Pünktlich um eins, wie ausgemacht, bin ich auf der anderen Rheinseite, der schäl Sick, und stehe vorm Tor der Essigfabrik. Keiner macht auf. Aus der Halle nebenan donnert Rockmusik. Ich geh ein Weilchen im Gelände auf und ab, schau mir die wilden Blumen und den Silo von Aurora-Mehl an, und klingel immer mal wieder. Vergebens.

Endlich kommt mein Jungfilmer mit der jungen Schauspielerin angefahren, Ja, leider, eine Schweinerei. So war es nicht ausgemacht. Keiner hat ihm gesagt, dass in der

Halle nebenan eine Rockmusikprobe abgehalten wird. Die wummern und schreien was das Zeug hält. Das geht mit dem Ton nicht. Heute Abend 18 Uhr sei Ruhe, das habe man ihm ganz definitiv zugesagt, behauptet der Jungfilmer. Er ist quittegelb im Gesicht, mit tiefen, schwarzen Ringen um die Augen. So als habe er über Nacht einen Leberschaden davongetragen. (Nescafé? Frittenfett? Amphetamine gar?)

"Aber proben können wir doch schon mal, damit wir mit dem Drehen gleich loslegen können, wenn die Rocker einpacken," muntere ich die beiden jungen Menschen auf. "Da haben wir wenigstens schön viel Zeit zum Proben." Das kann kein Schaden sein, denke ich, bei diesen unerfahrenen Leuten um mich herum. Die kleine Kollegin gibt sich zwar selbstbewusst, aber woher soll sie es nehmen und nicht stehlen. Ohne Ausbildung, ohne Bühnenerfahrung, nur hübsch wie sie ist.

Wir gehen also in den feuchten, kalten Keller hinab. Ein bärtiger Mann hantiert mit einer Kamera und richtet Scheinwerfer ein. Eine Pritsche und ein Spind stehen bereits im Raum. Da wird immerhin mit minimalen Mitteln ein Gefängnis suggeriert. Das mutet schon mal professionell an.

Die junge Kollegin bekommt einen grauen Gefangenenkittel als Kostüm. Ich, als eitle Aufseherin, ein bisschen was Schickeres. Wir werden sogar im Klo von einer echten Maskenbildnerin geschminkt, die junge Kollegin und ich. Mir werden die Haare aufgedreht und die Nägel lakkiert - ganz wie es sich gehört.

Garderobe und Maske also, verstehen ihr Metier. Der Bärtige mit der Kamera und den Scheinwerfern scheint auch nach einem inneren Plan zu handeln. So weit so gut. Die Probe kann los gehen. Wenn man sich richtig konzentriert, stört auch die Rockmusik nicht, die aus der Halle herüber wummert. Und das Geschrei.

Es fängt damit an, dass ich die kleine, steinerne Treppe zur Zelle herunter komme, fast blind, wie ich bin. Die Gefangene soll nicht merken, dass ich eine Brille brauche. Weil ich so eitel bin. Schön will ich wirken, glamourös. Ich setze ein feines, geheimnisvolles Lächeln auf und hebe die Brauen in schönen Bögen. Für das Blinde halte ich mich krampfhaft am Geländer fest, ertaste die Stufen mit meinen Füßen, trete daneben, stolpere, fange mich wieder, lächele eitel und fein, wie gesagt, und geheimnisvoll - alles zugleich, bis ich die Treppe hinunter bin.

Alles zugleich und trotzdem dezent und glaubhaft, das ist gewiss nicht einfach. Der Jungregisseur gibt sich nicht so schnell zufrieden mit mir. Das wäre auch grundverkehrt, das sehe ich ein. Schließlich wollen wir alle Qualität.

Mal ist ihm mein blindes Stolpern zu forciert, mal rutscht mir die Eitelkeit weg. Meine junge Kollegin ist so nett und spielt mir vor, wie sie das an meiner Stelle machen würde. Wie sie sich so doof lächelnd die Stufen herunter hangelt, kommt mir der Gedanke, dass diese Knastwärterin tagtäglich die Treppe begeht und eigentlich wissen müsste, bei aller Blindheit, wie diese vier Stufen zu meistern sind. Ich gebe das dem Jungregisseur vorsichtig zu bedenken, aber er wehrt ab. Er hat da so etwas eher Symbolisches im Sinn, wie es scheint. Naja, er muss es ja wissen, er hat den Gesamtüberblick.

Während er uns so probenderweise mit seinen symbolischen Ansprüchen traktiert - die hübsche Junge hat schon ein, zweimal geheult, weil sie nicht so ein Profi ist wie ich - unterbricht ihn der bärtige Kameramann/Beleuchter. Sie hasten beide in die eine Kellerecke, wo das zusammen geräumte Gerümpel gelagert ist, und flüstern aufgeregt miteinander. Was heißt das jetzt? Steht zu befürchten, dass wir nicht genügen? Dass Ersatz herbei geschafft werden soll? Für diese hübsche Junge? Doch nicht etwa für mich?

Mir wird ganz mulmig, wenn der Quittegelbe aus seinen schwarzen Augenhöhlen zu uns herüber linst, während der Bärtige ihm was ins Ohr raunt.

Aha, aha! Das Geheimnis lüftet sich: Um 18 Uhr, wenn diese Rocker aufhören zu proben und wir endlich drehen können, dann muss dieser Bärtige, Kameramann und Beleuchter in Personalunion, leider sein Töchterchen von einer Kindergeburtstagsparty abholen und anschließend, anschließend hat er anderswo musikalische Proben, weil er auch Musiker ist und einem Jazztrio vorsteht.

Aber kein Problem, wir legen trotzdem los, als das Wummern aufhört und die Schreihälse verstummen. Der Jungregisseur nimmt die Kamera selbst in die Hand. Wir kommen zäh, aber sicher voran. Zäh, weil der Junge nicht locker lässt in seinem Qualitätsanspruch und immer wieder was auszusetzen hat. Jede Einstellung muss zehn, fünfzehn Mal wiederholt werden, bis sie ihm passt. Bis wir ihm gut genug sind. Oder bis er resigniert, weil wir es besser nicht können.

Die kleine, inzwischen nicht mehr Hübsche heult schon wieder. Ich wühle genervt in meinem reichen Erfahrungsschatz herum, die Nuance zu finden, die dem offenbar Amphetamin-geschädigten Herrn genehm sein könnte.

Nach vier Stunden, um 10 Uhr nachts haben wir eine Seite im Kasten. Fünf sind es insgesamt. Na, Mahlzeit! Und alles ohne Bezahlung. Kalt und feucht ist es hier. Es wird immer kälter und feuchter, je weiter es in die Nacht hineingeht. Wir bekommen ein kleines Päuschen und warten, dass der Bärtige von seiner Jam-Session zurückkehrt. Um

12 Uhr, hurra, taucht er auf. Er winkt uns Fröstelnden, der Kleinen und mir, nur kurz zu und verschwindet wieder in der Kellerecke mit dem Jungfilmer.

Sie kommen und kommen nicht wieder, so dass die Kleine und ich mal nach hinten gehen und gucken, was los ist. Da schauen die sich doch tatsächlich heimlich auf einem Monitor das bisherige Drehergebnis an! "Oh! Das wollen wir aber auch sehen," rufen die Kleine und ich. Wir sind inzwischen zu einer kleinen kollegialen Einheit zusammengewachsen. " Nein," sagt der Jungfilmer, der inzwischen grau im Gesicht ist, wir Schauspieler sollen das nicht sehen, weil wir nicht objektiv sein können. So, so. Und dann stellt sich auch noch heraus, dass dieses Junggenie die Kamera unscharf eingestellt hat. Alles muss nochmal gedreht werden. Auf bange Anfrage heißt es, es kann schon vier, fünf Uhr morgens werden, bis wir fertig sind.

Aber der Bärtige soll ein Vollprofi sein. Ruckzuck wird das jetzt gehen. Und belegte Brote wird es auch gleich geben. Und einen selbstgebackenen Kuchen von der Freundin von dem Regie-Zombie. Wie die den aushält, mit seinem perfektionistischen Wiederholungszwang, ist mir unverständlich. Man darf ja davon ausgehen, dass der im Bett genauso ist.

Aber von wegen "ruckzuck". Die kleine, vormals Hübsche stellt sich jetzt auf die Hinterbeine und sagt, ihr Hund sei allein zu Hause. Der müsse jetzt dringend Gassi gehn. In einer Stunde sei sie wieder da. Früher nicht, weil sie weit draußen in Frechen wohnt.

Ich hülle mich in die dicken, moderigen Decken, die ich zwischen dem Gerümpel in der Kellerecke finde und mampfe den Dr.Oetker-Fertigkuchen von der bedauernswerten Freundin. Es ist mir alles wurscht jetzt.

Um Viertel nach sechs war ich nach vollendeten Dreharbeiten im Bett. Von dem Jungfilmer habe ich nie wieder was gehört. Wenn er Karriere machen sollte, wird er sich eh nicht an mich erinnern. Höchstens an meine hochprofessionelle Disziplin. Schauspielerisch hat er wohl nicht so viel von mir gehalten.

10

WIDER DIE LEBENSLÜGEN

Ich mache mich jetzt immer hübsch zurecht, wenn ich aus dem Haus gehe. Nur nicht lockerlassen! Ab und zu muss ich wieder umkehren, weil ich meine Zähne vergessen habe. Aber das merkt keiner, wenn es mir rechtzeitig genug einfällt. Manchmal sitze ich schon im Cafe bei der morgendlichen Zeitungslektüre und sie liegen noch zu Hause. Ist aber auch nicht so schlimm. Wenn man beim Reden aufpasst und nur mit geschlossenem Mund lächelt, fällt es nicht weiter auf. Schöner ist es natürlich wenn man sie drin hat.

Neulich hatte ich sie Gott sei Dank drin. Da bin ich meinem Ex mal wieder begegnet. Mir wird auch heute noch ganz schlecht, wenn mein Ex, mit seiner Ficktippse am Arm, die Straße lang und mir entgegen kommt. Ganz schlecht wird mir und ich erzittere bis in die Knie. Auch heute wieder. Sie blickt, wie immer, krampfig in ein Schaufenster hinein, damit sie mich nicht gesehen haben muss. Er grüßt mich aber ich grüße nicht zurück. Mit meinen Lippen forme ich jedoch lautlos das Wort Ficktippse. Lautlos, weil ich mir sonst eine Anzeige einbringen könnte. Wenn auch so eine derbe Sprache nicht eigentlich zu mir passt, bin ich doch auf diese meine Wortschöpfung stolz. Ich habe nicht lange überlegen müssen. Dieses Wort war einfach eines Tages da.

Aber ungeachtet solcher Einbrüche - inzwischen geht es aufwärts mit mir. Neulich, der Mann auf dem Ring, zum Beispiel. Er war wohl zu Werbezwecken als Taucher verkleidet, mit einem Neoprenanzug und einem Schnorchel, ohne Schwimmflossen allerdings. Er spazierte den Ring herunter und musterte kritisch die Entgegenkommenden.

Mal diesem, mal jenem, beileibe nicht jedem, drückte er ein kleines, geschmackvoll verziertes Pappschächtelchen in die Hand. Mir auch. Als ich es aufmachte, war ein Kondom darinnen. Das war eine schöne Bestätigung für mich. Obwohl ich ein Single bin, neuerdings, und alt obendrein, muss ich doch auf diesen Mann einen zielgruppentauglichen Eindruck gemacht haben.

Dennoch, vormachen tu ich mir nichts. Der Lack ist ab. Und beruflich stehe ich nun einmal nicht in der ersten Reihe. Und zwar buchstäblich nicht, in dieser Seifenoper letztens, wo ich ganz plötzlich als Mutter einer Hauptfigur eingeführt wurde, weil sie, meine Tochter, gerade gestorben war und beerdigt wurde. Meine Tochter also. Da hatten die mich in dem dicken Knubbel, der um das Grab geschart war, in die hinterste Reihe gestellt. "Hallo, hallo," habe ich dem Regisseur über die Köpfe der anderen hinweg zugerufen, "ich bin doch die Mutter, ich muss doch nach vorn!" Statt dass er froh war, dass er es mit einer denkenden Schauspielerin zu tun hatte, ließ er die vorderste Reihe lieber wie sie war. Verwandtschaftsgrad hin, Verwandtschaftsgrad her.

Da mache ich mir doch nichts vor. Da habe ich doch keine Illusionen mehr. Da weiß ich doch, dass ich als bislang beim Publikum nicht eingeführte Mutter in der hintersten Reihe stehen muss. Weil ich kein Quotenbringer bin.

Ich habe versucht, auf Lücke zu stehen, damit die Kamera mich doch noch erwischt. Ob es geklappt hat, weiß ich nicht. Echte Tränen habe ich auch geweint, trotz der hintersten Reihe. Wenn die Rolle das verlangt, dann ist das für mich Ehrensache, mein Bestes zu geben.

Es hat mich einige Mühe und Verinnerlichung gekostet, diese echten Tränen in mir aufsteigen zu lassen. Wenn es kleine Wartezeiten wegen der Kameraeinrichtung gab, habe ich mich von dem Knubbel der Trauergäste ein wenig entfernt und bin, still für mich, die Kieswege auf und ab gegangen. "Er liebt mich nicht mehr," pflege ich dann zu denken, bis mir die Tränen in die Augen schießen. So einfach ist das. Dann drehe ich noch ein bisschen daran und schon passt es auch für eine Beerdigung. Schwierig ist nur, diesen überwältigenden Schmerz durch alle Wartezeiten und Unterbrechungen hindurch zu halten.

So kam mir, zum Beispiel, als ich mitten in meiner Konzentration war, ein kleines, schwarz gekleidetes Mädchen, etwa sechs Jahre alt, auf dem Kiesweg entgegen gehopst. Auch ein Trauergast, wie es schien. Vielleicht sogar mein Enkelkind. Keine Ahnung. Wenn man bei diesen Seifenopern so unvermittelt dazu stößt, erfährt man rein gar nichts.

"Na," sagte ich freundlich, obwohl sie mich störte und ich kleine Kinder nicht leiden kann, "Na, willst du denn auch mal Schauspielerin werden?" "Ich bin Schauspielerin," sagte die kleine Zicke und hopste zurück an den Grabesrand, erste Reihe natürlich.

Die Kamera mag meine Tränen nicht gesehen haben, aber der Regisseur hätte sie sehen können, an meiner tränenverschmierten Wimperntusche, später, als ich beim Mittagessen glücklicherweise ihm direkt gegenüber saß. Er hat aber nur stumpf auf seinen Teller geschaut und wahrscheinlich seiner früheren Filme bei der DEFA gedacht.

Leider durfte ich nicht nochmal auftauchen, in späteren Folgen. Dabei ist eine weitere Tochter von mir - von deren Existenz ich an dem Drehtag am Grabesrand nichts mitgekriegt habe, weil sie vermutlich in der ersten Reihe stand - auf einmal lesbisch geworden und hat ihren Gatten verlassen, der schließlich mein Schwiegersohn ist und vermutlich auch bei der Beerdigung zugegen war. Da wäre doch eine besorgte Anreise von mir als Mutter fällig gewesen: "Kind, hast du dir das auch gut überlegt?" oder so ähnlich. Da muss einem als Plotentwickler doch etwas einfallen!

Also, wie gesagt, ich bin eher nüchtern und illusionslos. Ich verstehe es nicht, wie hartnäckig manche an ihren Lebenslügen festhalten. Man kann sich doch nicht ewig etwas vormachen, Illusionen über die eigene Bedeutsamkeit hegen, wenn die Wirklichkeit eine ganz andere Sprache spricht.

Wie meine Freundin Benita, zum Beispiel, die mit ihren Erfolgserlebnissen nervt. Alle Männer sind hinter ihr her und wer weiß wie scharf auf sie. Gut, sie ist zehn, fünfzehn Jahre jünger, aber trotzdem genauso ein Gott verlassenes Single, wie ich.

Vielleicht liegt es am Alkohol. Wenn sie mich abends nach getaner Arbeit anruft und von ihren Erfolgen bei Männern erzählt, kann ich ein leises Schlucken hören. Rotwein, wahrscheinlich, literweise. Sie ist Beamtin und hat immer Geld und gut zu tun. Im Gegensatz zu mir. Beamtin ist sie, aber der Paradiesvogel in ihrer Abteilung, wie sie sagt.

Zwischen Schlucken erzählt sie mir von ihrer letzten Dienstreise. Sie habe mit ihren langen übergeschlagenen, Glanz-bestrumpften Beinen auf einer Couch im Vorraum des Konferenzsaals gesessen und ein fröhliches (Schluck) Flirtgespräch mit einem smarten, etwas jüngeren Kollegen geführt, der vor ihr stand, wie ein großer Bub, ganz süß. (Schluck). Da habe der ganz plötzlich ihre beiden Beine gepackt und sie über die Rücklehne des Sofas geworfen. Sie habe dabei, behende wie sie Gott sei Dank ist, eine Rolle rückwärts gemacht und sei irgendwie hinter der Couch auf ihren Stöckelschuhen zum Stehen gekommen.

Sie habe gleich bei Antritt der Dienstreise bemerkt (Schluck), dass dieser Mann sich für sie interessierte.

Ja, die Leidenschaft der Männer geht seltsame Wege. So was ist mir persönlich noch nie passiert. Männer haben mir gegenüber eine so merkwürdige Zurückhaltung. Was bei meinem hohen Alter vielleicht verständlich ist, aber früher war es auch nicht anders.

Ein Beispiel dieser merkwürdigen Zurückhaltung habe ich ganz aktuell vor zwei, drei Wochen erlebt. Es schien zunächst eine glückhafte Zufallsbegegnung zu sein, die leider ein ungünstiges Ende nahm, aber dennoch, im Vorfeld zu diesem ungünstigen Ende, eine frohgestimmte Woche bei mir bewirkte.

Froh war ich ohnehin, weil ich tatsächlich ein Angebot bekommen hatte, in der Schweiz zu drehen. Doch davon später. Ich stand also in diesem Stehcafé auf der Dürener Straße, in meinem Veedel, wie der Kölner sagt, da kam, zu meiner Überraschung, ein mir bekannter Fernsehregisseur zur Tür herein. Allerdings ein ehemaliger Regisseur, vom Schulfernsehen. Trotzdem, auch wenn sie selber nicht mehr im Geschäft sind, diese Leute sind nützlich und wichtig, denn sie kennen Gott und die Welt. Wir kennen uns, weil ich vor langer Zeit einmal, in einer Folge über Gartenbaubetriebe, die er inszenierte, die Gärtnersfrau spielte. Ich habe ihn damals heftig angeflirtet, beim Drehen, aber es verpuffte, wie so oft, wenn ich mich ins Zeug werfe.

Er ist inzwischen mächtig alt geworden, genau wie ich. Aber er erkennt mich trotzdem und kommt sogar an meinen Stehtisch. "Wie gehts, wie stehts, gut schauen Sie aus." Er ist ein Hagerer, mit Ziegenbart und ehemals vorstehenden Zähnen. Aber seit er, wie ich, ein Gebiss hat, sieht er ganz proper aus.

Wir kommen ins Plaudern. Seine Frau ist ihm vor anderthalb Jahren gestorben. Er ist Witwer. Hurra. Ich muss ehrlich sagen, er gefällt mir immer noch. Nur dass er mir ab und zu spannungsvoll, mit stechendem Blick auf den Mund, in den Ausschnitt und dann an den Ohren vorbei schaut. Dabei brummt er so leise melodiös vor sich hin. Das mag aber an der Faszination liegen, die ich auf ihn ausübe. Als Frau.

Er erzählt ganz begeistert von seinem Segelboot, das er in Holland liegen hat. Ich erzähle ganz begeistert von meiner Filmrolle, die ich nächste Woche in der Schweiz drehen werde. "Na," sagt er," da müssen Sie mir aber berichten, wenn Sie abgedreht sind, das interessiert mich." "Na klar," sage ich. "Ich rufe Sie an, wenn ich zurück bin." "Na, vielleicht kommen Sie mal mit auf mein Boot. Sie sehen mir so seefest aus." "Hahaha," lache ich. "Es ist so herrlich, da draußen auf dem endlosen Meer," sagt er und schaut mir wieder so stechend auf den Mund, in den Ausschnitt hinein und am Ohr vorbei. Dabei zupft er gedankenvoll an seinem Ziegenbart.

Du lieber Himmel, was ist denn jetzt los? Diese Begeisterung, dieses ungewohnte Interesse an mir! Lieber mal bremsen. "Nein," sage ich, "nein, das Segeln, nein, das ist nichts für mich. Das kommt mir so vor, als würde man unterm Esstisch Urlaub machen." "Hahaha," lacht er. "Aber an Deck!" sagt er. "An Deck wird mir schlecht," sage ich. "Hahaha," sagt er. "Aber ich melde mich, sowie ich aus der Schweiz zurück bin," sage ich, weil es mir Leid tut, dass ich sein männliches Engagement so schnöde abwürge. "Oh ja, das würde mich sehr freuen" sagt er und hebt wieder an zu brummen. "Also, ich muss jetzt. Tschüss!" Und schon bin ich weg. Souverän, innerlich unabhängig, eine Frau, die keinem Mann auf die Pelle rückt, sondern "kommen lässt", wie meine Freundin Benita zu sagen pflegt. Nur dass bei ihr keiner kommt. Weil jeder den heimlichen Klammeraffen in ihr wittert.

Es ist schön, dass sich einer für mich interessiert. Einer der offensichtlich auch einsam, frei und zu haben ist. Und wenn der Druck bei ihm erstmal raus ist, geht das Stechende aus seinem Blick von alleine weg. Außerdem, eine kleine Macke hat in unserem Alter jeder. Und er hat eben diesen stechenden Blick und brummt dazu. Wenns weiter nichts ist.

11

RUHÄÄ! MER DRÄHÄTT! ODERR?

Ja, da habe ich tatsächlich einen Glückstreffer gelandet. Keine große Rolle zwar. Eine kleine. Aber in der Schweiz! Jetzt, wo der Franken so gut steht. Wo die Gehälter ohnehin üppiger ausfallen als bei uns! Wo mir die Schokolade schmeckt! Wo alle von Kindesbeinen an Schwyzerdütsch, Schriftdeutsch, Französisch und Italienisch sprechen können! Wo man überall Birchermüsli bekommen kann und Ovomaltine, kalt oder warm. Wo die Menschen so ruhig und freundlich sind. Ich freue mich.

Später stellt sich zwar heraus, dass ich in Euro bezahlt werden soll und nicht allzuviel, da es sich um eine Low-Budget-Produktion und eben nur um eine kleine Rolle, beinahe um einen Komparsenauftritt handelt, aber ich freue mich trotzdem riesig. Komparsenauftritt stimmt auch nicht, denn ich habe in der einen Szene drei, und in einer anderen Szene sieben Sätze zu sagen und ich spreche auch bei allen gemeinsamen Gebeten mit. Ja, Gebeten! Ich spiele nämlich eine Nonne. Das Ganze spielt in einem Kloster. Was für eine fremde, faszinierende Welt wird sich mir da erschließen! Sie lassen mich sogar einfliegen, wie einen richtigen Star!

Wir drehen in Dornach, im Kloster. Früher dachte ich in Dornach gibt es nur die Anthroposophen, aber es gibt dort auch ein schönes Kloster, mitten in der Stadt.

In der Maske sitze ich neben der Hauptdarstellerin, die die Schwester Oberin spielt. Ich schaue im Spiegel zu, wie sie geschminkt wird. Die Schauspielerin schaut auch im Spiegel zu, wie sie geschminkt wird. Ich werde auch geschminkt, aber ich betrachte dabei im Spiegel die Schauspielerin neben mir.

Ich bin fasziniert. Es erinnert mich daran, wie ich als Kind zusah, wenn sich meine Mutter im Theater schminkte. Mit den schweren Fettschminkstiften von Leichner, dick wie Geldrollen und ebenso in Papier gewickelt, das man immer weiter herunterriss, bis der Stift verbraucht war. Viel Jugendrot kam unter die hochgezogenen Augenbrauen, zwei rote Punkte in die inneren Augenwinkel, um das Augenweiß zum Glänzen zu bringen. Wunderschön. Der duftende Puder wurde mit einer fedrigen Quaste dick aufgetragen, der Überschuss mit einer Hasenpfote entfernt. Dann erhob sie sich in ihrem herrlichen Reifrock, berührte mich noch mit ihrem Fächer aus Straußenfedern und rauschte zu ihrem Auftritt. Ich durfte solange im Konversationszimmer sitzen und warten, bis sie wiederkam.

Die Schauspielerin, die neben mir geschminkt wird, der ich so fasziniert im Spiegel zusehe, spielt eine große, dramatische Rolle. Sie ist der Star in diesem Klosterdrama. Ich bin die kleine, gealterte Nonne in ihrem Gefolge, fast eine stumme Rolle, aber immer dabei, bei der Gartenarbeit, bei den Mahlzeiten, bei den Andachten, von Laudes bis Vesper, immer dabei. Dabei sein ist alles. Aber ich frage mich, ob da ein Zusammenhang besteht, zwischen dieser Fähigkeit der Anderen, so ganz und gar in sich selbst versunken zu sein. Ob man, wenn es auf der Welt nichts gibt, außer einem selbst, ob man dann endlich ein Star wird, überlege ich. Warum bin ich nicht von mir fasziniert? Warum bin ich keine große Schauspielerin, sondern nur eine kleine?

Aber wir sind in der freundlichen, demokratischen Schweiz und ich werde richtig gut behandelt von der Maske und der Garderobe. Sie machen gar keinen Unterschied zwischen mir und dem Star. Sie behandeln mich genausogut. Das rührt mich, im Vertrauen gesagt. Zur Zeit, wenn Menschen freundlich zu mir sind, erschüttert es mich beinahe, Tränen perlen mir aus den Augen und ein Schluchzen steigt in mir auf. (Ist das noch normal?)

Wir sind in der Schweiz. "Ruhää! Mer dräähätt!" rufen sie, "Ruhää! Mer dräähätt". Viele hundert Mal, "Ruhää! Mer dräähätt!" Bis alles im Kasten ist. Als ich mich diesbezüglich bei einer vom Team erkundige, raunt sie mir zu, es ist nämlich gerade "Ruhää" angesagt, dass sie in einem anderen Kanton sogar "Ruhää, mer drääheṅd." sagen würden. Naja, als Profi weiß ich, egal wie, was gemeint ist, nämlich: "Ruhe, wir drehen". Die Abläufe sind schließlich überall gleich.

Jetzt kommt als erstes für mich die meditative Andachtsszene in der Kapelle dran. Die Kamera wird an uns knienden Nonnen entlang fahren, an den Komparsen, an mir und der anderen Schauspielerin, die ein Star ist. Sie wird unsere entrückten Gesichter einfangen, das Einssein mit Gott, die tiefe, tiefe Versunkenheit. Ganz authentisch, ohne auf die Mimik zu drücken, diese Versunkenheit glaubhaft zu machen, das ist mein Ziel.

Jetzt für die anstehende Kamerafahrt stelle ich mir eine akute Inbrunst vor, die rituelle Form gebrochen durch die Abnutzung, die Alltag und Gewohnheit mit sich bringen. Abgewetzt gleichsam. Das möchte ich in dem Augenblick, wo die Kamera über mein Gesicht streift, dem Zuschauer vermitteln. Ob sich diese Hauptdarstellerin, dieser Star, diese Schwester Oberin, auch so viel Gedanken macht, frage ich mich im Stillen.

Eine Enttäuschung für mich, dass der Regisseur "Aus, danke!" ruft, ehe die Kamera bei mir angelangt ist. Kein Wunder, wenn ich so weit entfernt von der Hauptdarstellerin sitze, am äußersten, linken Rand der Reihe. Die Hauptdarstellerin war natürlich im Bild und ich sehe, wie ihr noch die Tränen über die Backen kullern. In simulierter Gottesfurcht. Diese Duse von Dornach. Sie lässt sie auch demonstrativ stehen, die Tränen, und wischt sie nicht weg. Auch nicht, als wir alle die Kirchenbänke räumen müssen, weil für die nächste Einstellung umgebaut wird. Heulsuse, blöde.

Sie heulen immer gern, die Stars. Da ist mir doch neulich was passiert, bei dieser Flughafenserie. Eigentlich war es eine schöne Rolle für mich. Zwei Drehtage sogar und mit dramatischem Potential.

Ich war da die Gattin eines gealterten Wissenschaftlers, eines Vielfliegers. Seit vierzig Ehejahren sind wir einander verbunden und seit vierzig Jahren hole ich in jedes Mal ab, wenn er von seiner Vielfliegerei wieder eintrudelt. Wir sehen zunächst meinen Gemahl in der Luft im vertraulich-persönlichen Gespräch mit der kleinen Stewardess, die von einem Jungstar gegeben wird. Das muss auf Anhieb eine Sympathie gewesen sein, zwischen meinem Gatten und dieser kleinen Stewardess. Er erzählt ihr jedenfalls sein ganzes Leben und sie ist von rührender Fürsorglichkeit als er einen Schwächeanfall über den Wolken erleidet und stirbt.

Das weiß ich als seine Gattin da unten natürlich nicht. Ich will ihn ja abholen. Ich stolpere über das Besucherdeck und frage einen Mann, der ein Mikrophon in der Hand hält, einen Journalisten in Aktion, ob er weiß, wo das Flugzeug aus Mallorca ankommt. Wieso ich also Frau eines Vielfliegers derart blöd auf dem Besucherdeck herumfrage, noch dazu einen eindeutig nicht bei der Luftfahrt angestellten, soll mir egal sein, weil mir dieser Auftritt auf dem Besucherdeck den zweiten Drehtag einbringt. Auge starr aufs Honorar gerichtet, nennt man das unter Profis.

Aber zurück zu dem dramatischen Potential dieser Gattin eines Vielfliegers und der Heulfreudigkeit der Stars. Ich stehe am Gate, im taubenblauen Kostümchen, sicherlich erstaunlich schmal und jung für mein Alter. Alle ankommenden Passagiere sind schon durch. Mein Mann ist immer noch nicht aufgetaucht. Da kommt mir diese kleine Stewardess, Jungstar und Sympathieträgerin, nach besten Kräften bedeutungsvoll entgegen und sagt mir, dass mein Gatte hoch oben verschieden ist. Na, da hätte ich doch loslegen können. Da wäre doch was fällig gewesen, an Trauer, an Verzweiflung. Vierzig Ehejahre sind kein Pappenstiel. Und was passiert? Den Kopf soll ich senken, sagt der Regisseur, und leise etwas Bitteres in mich hinein murmeln, während der Jungstar, im Gegenschuss, in Großaufnahme, Tränen der Erschütterung über ihr makelloses Gesichtchen laufen lassen darf. Alle sind hin und weg, wie sie das macht. Die ganze Crew. Der Aufnahmeleiter geht zu ihr hin und sagt: "Toll, ganz toll." War die nun vierzig Jahre mit dem Vielflieger verheiratet oder ich?

Aber egal, auch wenn ich jetzt in der Andachtsszene im Kloster mein Bestes nicht geben konnte - noch ist Polen nicht verloren. Ich habe noch zwei weitere Szenen, Szenen mit Text. Da müssen die, auch wenn sie Schweizer sind, auf mich draufhalten mit der Kamera. Oder?

Nun, diese chauvinistische Äußerung hätte ich mir sparen können, sie halten tatsächlich drauf, die Schweizer, bei meinen wenigen, aber wichtigen Sätzen. Die zwei Szenen gelingen mir bravourös. "Danke, Anke," lobt mich der Regisseur, "danke Anke, das war sehr schön." Manchmal heißt es auch: "Merci, Anke" - bei den polyglotten Schweizern nicht weiter verwunderlich. Vielleicht nervt ihn auch die klangliche Gestalt von "danke Anke" auf die Dauer. Wenn man es zu oft sagt, weiß man bald nicht mehr, was gemeint ist. Also "danke Anke" und "Merci" und schon bin ich, laut Drehbuch, abgedreht. Doch nun passiert etwas ganz Wunderbares. Aber um das verständlich zu machen, muss ich etwas weiter ausholen.

Ich habe nämlich einen Lieblingsmoment in dieser Rolle, einen Augenblick, den ich bei meinem Heimflug immer wieder selig in Gedanken durchlaufe. Ich weiß nicht, ob die Kamera in diesem Moment auf mir drauf war. Ich hoffe es nur. Es ist nämlich wieder eine Massenszene - zwanzig Nonnen im Speisesaal beim Dessert. Wir essen Vermicelles, ein süßes Maronenmus, das wie ein Häufchen Vollwertspaghetti aussieht. Vollwertspaghetti der ersten Generation, als sie noch dick und braun und pappig wurden, wenn gekocht. Ich habe einen Löffel voll in den Mund genommen, mümmele ihn genüsslich hinunter und wippe derweil leicht, wie unbewusst, mit dem Löffel in der Hand, somit zugleich meine Versunkenheit, das Mir-Zeit-Lassen mit dem süßen Geschmack und die frohe Erwartung des nächsten Löffelvolls verkörpernd.

Ein einmalig feiner, authentischer Moment ist mir da gelungen. Einfach, indem ich mich voll in die Situation hineinversetzt und aus meiner großen sinnlichen Lebenserfahrung geschöpft habe. Hoffentlich war die Kamera drauf, auf dieser schauspielerisch wertvollen Nuance in meinem Spiel. Minimal Art, nennt man sowas. Es gibt wirklich keine kleinen Rollen, wenn man als Schauspielerin über die innere Größe verfügt. Mein Schweizer Regisseur hat das gemerkt, dass eine Qualität in mir verborgen ist, wenn auch bis dato unerkannt.

Drum mag er mich gar nicht gehen lassen. Als meine Szenchen erfolgreich im Kasten sind, soll ich noch in ein paar weiteren Szenen stumm dabei sein dürfen. Szenen, in denen ich laut Drehbuch gar nicht vorkomme. Zu deren Glaubhaftigkeit und atmosphärischer Dichte ich jedoch durch meine stumme, fast beiläufige Anwesenheit wesentlich beitragen kann. Seiner Meinung nach.

Allerdings gilt das nur für Szenen, die ebenfalls für den heutigen Tag disponiert sind. Sonst müssten sie mir einen zusätzlichen Drehtag bezahlen, eine weitere Übernachtung, die Spesen, die Umbuchung meines Fluges und was weiß ich.

Ich darf also in einer Szene, in der die Hauptdarstellerin im Klostergarten mit ihrem Glauben ringt, ganz dezent, man soll mich nur ahnen, mit einer Gießkanne durchs Bild gehen, unscharf zwar, aber doch so, dass der Zuschauer denkt, "ah ja, stimmt, das ist ja die von vorhin, die Schwester Wie-heißt-sie noch-mal, die versorgt jetzt die Blumen ..."

Ora et labora soll vermutlich die Botschaft sein. Ich gieße, wenn auch unscharf im Hintergrund, ich gieße wirklich und nicht nur zum Schein. Immer die richtige Dosis. Während ich von Beet zu Beet gehe, in organisch-fließender Bewegung, etabliere ich so eine Grundstimmung des klösterlichen Alltags, auf der die werte Kollegin sich dann künstlerisch ausmähren kann.

Während die Kollegin sich ausmährt und ich gieße und gieße, sehe ich aus dem Augenwinkel eine mir unbekannte Person hinter der Kamera am Boden kauern, mucksmäuschenstill, um bei der Aufnahme nicht zu stören. Als der Regisseur "gatecheck" ruft und alles im Kasten ist, tritt sie hervor und wird der Hauptdarstellerin zugeführt, der mal wieder die Tränen in den weißen Ordenskragen hineinlaufen, so intensiv hat sie schon wieder gespielt. Diese unbekannte Person ist also Journalistin, vom Feuilleton einer überregionalen Zeitung und unsere Hauptdarstellerin soll ihr ein Interview geben.

Sie wirft sich mächtig ins Zeug für diese Journalistin, macht auf lebhaft und charmant und schreit herum, dass sie eine Woche in ein Kloster gegangen ist, als Einstimmung für die Rolle, Exerzitien, Vesper, Laudes - alles mitgemacht hat. "Nein, das ist ja großartig! Sie knien sich ja rein in ihre Rolle! Wie Robert de Niro! Nein, ist das großartig! Darf ich das schreiben?" schreit die Journalistin.

Warum ist mir das nicht eingefallen? Warum bin ich nicht in ein Kloster gegangen? Zur Einstimmung, zur Vorbereitung, wie meine große Kollegin. Jetzt muss ich ohnmächtig zusehen, wie sie mit ihrer hochkünstlerischen Vorgehensweise bei der Presse Eindruck schindet, und ich kann nicht dazwischen rufen, beziehungsweise schreien, so wie die Beiden: "Hallo, hallo, ich übrigens auch. Ich war auch im Kloster und fand es auch hochinteressant. Eine der Nonnen, die Schwester Soundso, meinte zu mir,..." usw. Diese Chance, mich der Öffentlichkeit überregional zu präsentieren, habe ich mir entgehen lassen. Weil ich nicht so gewitzt bin, wie diese Hauptdarstellerin.

Ich bin froh, dass mich mein Regisseur beiseite nimmt, dass ich mir dieses Getöse nicht länger anhören muss. "Danke, Anke," sagt er zu mir, "eine schöne Arbeit war das mit dir. Danke und auf Wiedersehen. Das nächste Mal in einer größeren Rolle, oder?"

Die Schweizer sagen immer "oder" aber man kann sich trotzdem auf sie verlassen. Ich fühle mich verstanden von diesem Mann. Beglückt schminke ich mich ab, ziehe mich um und lasse mich von dem Fahrer zum Flughafen bringen. "Das war ein schöner Dreh!" sage ich zu Nico, dem Fahrer, "und so ein toller Regisseur! Und immer so ruhig und so einfühlsam." Ich bin begeistert, falle Nico zum Abschied noch heulend um den Hals und besteige mein Flugzeug, Economy Class, Fensterplatz.

Es ist ein Nachtflug. Unter mir beim Abflug die Lichter von Zürich, so wunderschön. Wie ein mit goldenen und silbernen Glitzerfäden und Juwelen bestickter Teppich. Ich bin so überaus zufrieden. Vielleicht wäre es gut, jetzt zu sterben, weil es besser nicht mehr werden kann. Besser als nach dieser gelungenen Arbeit, geschätzt und anerkannt, auf dem Heimflug zu sein, kann es nicht kommen.

Vorige Woche noch, habe ich Stoßgebete gen Himmel geschickt - das heißt ich war ja selber oben, mit meinem CrossAir-Economy Flug Richtung Schweiz - dass ich sicher landen möge, damit ich meinen wunderbaren Dreh wahrnehmen kann.

Jetzt auf dem Rückflug jedoch, nach vollbrachter Arbeit, bin ich zum Sterben bereit. So erfüllt bin ich. Soll diese Rolle mein Vermächtnis sein an die Nachwelt. Ich kenne mich nicht aus vor Dankbarkeit.

Schön sind die trauten Lichter von den Dörfern da unten. Wie sie sich ausbreiten und mit ihren von Lampen und Scheinwerfern beleuchteten Straßen über Land Verbindung zu den Nachbarorten suchen. Die Lichter, die Geometrie der Häuserzeilen, die Autos, die Straßen mit ihren Laternen - das alles haben die Männer gemacht. Auch das Flugzeug haben sie erfunden und gebaut und bemannt. Alles in unserer Welt haben die Männer gemacht.

12

DIE MÄNNER

Ja, die Männer! Wenn ich zu Hause bin und mich wieder eingewöhnt habe in meine Arbeitslosigkeit, werde ich sogleich diesen netten Mann anrufen, diesen ehemaligen Regisseur, den mit dem Ziegenbart, dem ich per glücklichem Zufall wieder begegnet bin und ihm, wie versprochen, von meinen Schweizer Dreharbeiten berichten.

Erstmal liege ich eine Woche platt, so deprimiert bin ich in meiner Ödnis daheim. Entzugserscheinungen vielleicht, nach dieser grandios erfolgreichen Bewältigung subtilkünstlerischer Anforderungen.

Ich irre ein wenig durch die abendlichen Straßen meines Viertels. Es ist so still. Der Dackel ist verschwunden, der mich immer durch den Zaun hindurch angefallen hat. Vielleicht war er so böse, weil sein Herrchen und sein Frauchen ihn gefoltert haben, kommt mir jetzt in den Sinn, aus den tiefen Tiefen meiner Nachdenklichkeit. Und nun haben sie ihn womöglich geschlachtet. Jedenfalls kann ich den Zaun unbehelligt passieren.

Da sehe ich, sie haben ihm die Lücke, durch die er mit Wucht seinen Hals zu werfen pflegte, mit einer Latte, die kreuz, die quer, vernagelt. Da wird sich der Arme ein paarmal vernichtend den Schädel gerammt haben und nun hat er es aufgesteckt! Und doch! Ich höre ein heiseres Grommeln, ein Kläffen. Jetzt kann ich ihn durch die kahlgewüteten Zweige auf mich zu bolzen sehen in unvermindertem Hass. Er ist mein Feind und doch dauert er mich. Ich will nach Hause. Die Zähne raus und ins Bett.

Am nächsten Morgen ist die Trübsal verflogen. Froh lockt mich die Aussicht, mit meinem Verehrer, diesem ehemaligen Schulfernsehregisseur, zu plaudern, vielleicht ein Käffchen gemeinsam zu trinken. Zwei ältere Menschen mit Niveau, illusionslos beide, jedoch frei von Zynismus. Möglicherweise prädestiniert in reifer Zuneigung und Toleranz ein Miteinander im Herbst des Lebens zu wagen. Ich greif mir das Telefonbuch und suche seine Nummer heraus.

Es geht keiner ran. Und einen Anrufbeantworter gibt es auch nicht. Also muss ich es weiter versuchen, bis er zu Hause ist. Was macht er denn als Rentner den ganzen Tag? Bei der Arbeit kann er nicht sein. Ich wähl ihn zwanghaft stündlich an, ohne Ergebnis. Hartnäckig und verbissen komme ich mir dabei vor und peinlich wird es mir auch, als Frau hinter diesem Chauvi herzutelefonieren, ohne Unterlass. Vielleicht ist er verreist? Wieder auf hoher See vermutlich, der Blödmann.

Am nächsten Tag, endlich, ist er zwar nicht zu Hause, aber ein Anrufbeantworter versichert, dass er gerne und sofort zurückrufen wird. "Ja, ich bin aus der Schweiz zurück...haha...es war ganz großartig...würde Ihnen gerne davon erzählen...wie versprochen (wichtige Anmerkung um Gesicht zu wahren)...vielleicht können wir uns auf einen Kaffee treffen, (vielleicht eine Spur zu kühn) also tschüss...haha." Habe ich mir nun eine Blöße gegeben oder nicht? Na jedenfalls weiß er jetzt Bescheid.

Und, tatsächlich, einen Tag später, als ich just beim Mittagessen bin, ruft er an. Oh wundersames Ende meiner Einsamkeit! Ich hätte ihm aufs Band gesprochen. "Moment, Moment", jubele ich, "mir ist da eine Gräte zwischen die Zähne geraten." Hinters Gebiss sage ich nicht, weil hier für mich vitale Interessen auf dem Spiel stehen. "Nein, was habe ich mir für Mühe gegeben," jubele ich weiter, "der Anrufbeantworter war nicht an und ich musste immer wieder anrufen!" "Ja aber, Sie haben mir doch aufs Band gesprochen." "Ja aber gestern und vorgestern, da war das Band nicht an und da habe ich immer wieder angerufen. Nein, was habe ich mir für Mühe gegeben!" Ein kleines Kompliment für ihn, dass ich mir so viel Mühe gegeben habe, denke ich mir.

Das verstehe er nicht, dass ich mich bei ihm beschwere, dass sein Anrufbeantworter nicht an war. "Aber nein, aber nein!" rufe ich in den Hörer und ein leises Kichern steigt in mir auf, wie immer, wenn es mir masochistisch ums Herz wird. Wieso ich ihm wegen seines Anrufbeantworters Vorwürfe mache. Er hätte den Eindruck, dass ich da irgendein Problem habe. "Ja," will ich sagen, "ja." Ganz souverän, erwachsen und offen, "seit ich vom Drehen zurück bin, ist mir so einsam zumute...", will ich sagen, aber er unterbricht mich. Da müsse ich wohl ein Problem haben, meint er noch einmal. Jeder der einen Anrufbeantworter hat, wisse, dass der manchmal nicht reagiert, zumal wenn sehr viele Leute angerufen haben und kein Platz mehr auf dem Band ist.

"Das mit der Mühe sollte ja nur ein Scherz sein," biete ich fröhlich an. Nun, er schlage vor, dass wir das Gespräch jetzt beenden. Ich könne ein andermal anrufen. Entweder sei er dann zu Hause oder ich könne aufs Band sprechen. Dann wisse er ja, ob ich noch einmal bei ihm angerufen habe oder nicht. Auf Wiederhören.

Ich bin baff. Bei manchen Männern soll erotisches Engagement blitzartig ins Gegenteil umschlagen, habe ich einmal gehört. Vielleicht ist das hier der Fall. Andererseits werden wir alle im Alter ein bisschen schrullig. Wann rufe ich ihn nun am besten wieder an? Morgen? Oder mit einem kleinen zeitlichen Abstand? Keine Ahnung.

Am nächsten Morgen bringt mir die Post einen eingeschriebenen Brief von ihm:

"Hallo, Anke Johanning, Sie hatten mir auf das Band gesprochen, dass Sie gerne einen Kaffee mit mir trinken und von Ihren Dreharbeiten berichten möchten. Als ich daraufhin bei Ihnen anrief, mussten Sie sich erst eine Gräte aus den Zähnen ziehen, wie Sie sagten. Sie zeigten sich überaus ungehalten, dass mein Anrufbeantworter nicht angestellt gewesen war. Wir kennen uns nur sehr flüchtig. Ihre Anspruchshaltung mir gegenüber entbehrt insofern jeder Grundlage. Ich kann Ihnen versichern, dass ich nicht die Absicht habe, Ihrem Wunsch nach einem Treffen zu entsprechen. Mit freundlichen Grüßen" usw.

Rums. Also diesen Mann rufe ich in nächster Zeit bestimmt nicht mehr an! Irgendwie bin ich froh, dass ich seiner Einladung zum Segeln nicht gefolgt bin. Wahrscheinlich hätte er mich über Bord geschmissen! Psychopath! Den lasse ich erstmal eine Weile schmoren, ehe ich wieder anrufe!

Keine Frage, dass die Männer im Alter neurotischer werden als unsereins.

13

WEGGESCHNITTEN

Freu Dich nicht zu früh, heißt es immer. Ich freue mich grundsätzlich nicht mehr zu früh. In privaten Angelegenheiten nicht. In beruflichen Dingen schon gar nicht. Da kannst du den schönsten Auftritt haben in einem Film, eine kleine Szene, die es in sich hat und höchsten künstlerischen Einsatz verlangt - und dann schneiden sie dich raus! Du kommst in dem Film überhaupt nicht vor! Das heißt, im Abspann wirst du noch genannt und bei den Öffentlich-Rechtlichen bekommst du Jahre später noch die Wiederholungshonorare überwiesen.

Aber das worauf es ankommt, deine künstlerische Leistung, die wird dem Publikum vorenthalten.

In der einen Krankenhausserie zum Beispiel, als der Chefarzt sich von seiner ewig nörgelnden Gattin scheiden ließ, weil er seine Jugendliebe wieder getroffen hatte, da gab es eine wirklich ergreifende Szene von mir bei Gericht. Ewig schade ist es um diese Szene, dass sie im Orkus verschwand!

Also, der Chefarzt und seine zu eliminierende Gattin warteten auf dem Flur vor dem Gerichtssaal, weil sie als Nächste dran kamen. Da öffnete sich die Tür. Die Verhandlung war zu Ende. Ich stürzte auf den Flur, tränenüberströmt, herzzerreißend schluchzend, weil ich gerade geschieden worden war, und heulte den ganzen, langen Gang entlang, bis ich nicht mehr gesehen ward.

Das war so auf den Punkt von mir gespielt und so wichtig für die weitere Entwicklung der abgehalfterten Chefarztgattin! Wie sie jetzt noch ihrem Gatten mit Kühle und

Stolz imponierend, später dem Alkohol verfällt, Hand an sich legt, eine Hölle durchlebt, bis sie zu einer späteren Läuterung und Versöhnlichkeit findet!

Ich hatte den ganzen Drehtag über, bis ich drankam, nach Mittagspausen und allen technisch bedingten Wartezeiten, diese bodenlose Verzweiflung in mir geschürt und aufrecht erhalten. Mit diesem Auftritt wollte ich meiner eigenen Trennung ein Denkmal setzen. ("Gab mir ein Gott zu sagen, wie ich leide.")

Und dann haben sie mich herausgeschnitten aus der Folge! Wo ist der Schnipsel geblieben? Sie hätten ihn mir doch wenigstens schenken können. Ich hätte ihn gebrauchen können, für mein Videoband, auf dem alle meine kleinen Auftritte wirkungsvoll zusammengeschnitten sind. Damit die entscheidenden Leute sehen können, was ich drauf habe. Nachdem sie mich bis dato hartnäckig verkannt haben. Diese Kostprobe meines dramatischen Potentials hätte ich ihnen, den Unzähligen von denen mein Karrieredurchbruch abhängt, gerne um die Ohren gehauen. Den Regisseuren, den Redakteuren, den Agenten, den Castingfrauen und den Vorzimmerdamen derselben: "Worumgeht-es-bitte-kann-ich-Ihnen-weiterhelfen-er-ist-in-einer-Besprechung-ach-Sie-sind-Schauspielerin".

Um die Ohren gehauen, damit sie sich der Unterforderung schämen, die sie mir zu Lebzeiten zugemutet haben. Ich meine, ich bin ja noch nicht tot, aber viel Zeit haben sie nicht mehr, ihre jahrzehntelangen Versäumnisse an mir wiedergutzumachen.

Haben die denn allesamt Tomaten auf den Augen? Auch neulich bei dem Casting, zu dem mich eine Castingfrau bestellt hatte: Da saßen etwa zwanzig Schauspieler im Vorraum dieser Castingfrau. Alle hatten DIN A4 Seiten in der Hand, in die sie so vertieft waren, dass sie nicht mal mein Grüßgott erwiderten, als ich durch die Türe kam. Ich bekam dann auch so ein Blatt von der dicken, ungewöhnlich freundlichen Castingfrau und durfte mich in die Runde setzen.

Auf dem Blatt war meine Rolle, für die ich gleich von dem Regisseur getestet werden sollte. Eine Mutter, deren Sohn an einer Überdosis verschieden ist und ich soll dem Kommissar erklären, wie es dazu kam.

Ehe ich anfing meinen Text zu lernen - schnell musste es gehen, der Regisseur bat einen nach dem anderen ins Nebenzimmer vor die Videokamera - warf ich noch einen Blick in die Runde der murmelnden, gestikulierenden, sich die Haare raufenden Kollegen. Da saßen auch zwei biedere, alte Tanten, eindeutig meine Konkurrenz, zwischen den Models und Muskelmännern, die heutzutage als Schauspieler antreten. Keinen der Anwesenden hatte ich jemals im Fernsehen gesehen. Sollten wir, die wir hier versammelt waren, als Angehörige der C-Mannschaft gesehen werden, als das Tagesgage-unter-1000-Lumpenproletariat? Einerseits deprimierend für mich, andererseits stiegen dadurch meine Chancen, das Rennen für mich zu entscheiden.

Beim Lesen der Rolle wusste ich sofort, wie ich die Mutter anlegen wollte: Verhärmt, nervös, schuldbewusst. Die Sprache stockend, abgehackt, nach Worten suchend. Den Tränen nahe. Das macht die künstlerische Intuition, dass einem sowas beim ersten Lesen des Textes zufliegt. Da taucht vor meinem geistigen Auge diese Vorahnung künftiger Gestalten auf. Eine Gestalt, die in mir arbeitet und nach Form und Ausdruck drängt. So ergeht es mir jedenfalls. Ob es diesen Models und Muskelmännern und diesen anderen alten Tanten auch so geht, weiß ich nicht zu sagen. Es handelt sich nämlich um einen künstlerischen Vorgang.

Ich hatte mir die paar Zeilen gerade zu eigen gemacht, da wurde ich auch schon in den Nebenraum beordert, wo der Regisseur auf einem Drehstuhl saß, neben ihm die Videokamera. So ein Dicker mit fetten, dicken Kinderhänden, butterweichen Fingern, Grübchen auf dem Handrücken. Im schmalen Mund viel Zahnfleisch, wenig Zahn.

Immer wenn ich solche lebenswichtigen Begegnungen habe, entwickele ich eine schreckliche Munterkeit. Ich lache viel und laut und fuchtele mit den Händen. Auch damals fing ich an vergnügt zu plappern, dass heute wohl mein Glückstag sei, weil ich auf dem Weg hierher zweimal zwei Zwillingen begegnet sei, so ein Glück. "Naja," nuschelte der Regisseur, offenbar sprachlich gehemmt, nach Art der Teenager gekleidet, mit riesiger Hängehose und Baseballkäppi, von Schornsteinfegern und vierblättrigen Kleeblättern habe er schon gehört, aber noch nie von Zwillingen. "Klar," lachte ich, so gut es ging, "aber zweimal zwei Zwillinge, das muss mir doch Glück bringen, haha!"

Was ich denn mit zweimal zwei Zwillingen meine, fragte er unangenehm streng. "Naja, ein Zwillingspaar und dann noch mal ein Zwillingspaar," sagte ich, so gut gelaunt wie möglich. "Unter zweimal zwei Zwillinge verstehe ich etwas anderes," schnauzte er doch tatsächlich, "Können wir jetzt mal? Draußen warten die Kollegen."

Bei einem Laien wäre daraufhin die Spiellaune in den Keller gefallen, aber nicht bei einem Profi wie mir. Er drückte sein Auge heftig grimassierend an das Objektiv, richtete die Kamera auf mich und gab mir missmutig nuschelnd das Stichwort des Kommissars. Ich legte los. Ich rang die Hände, die hoffentlich mit im Bild waren, stammelte ein paar Worte, warf die Augen himmelwärts, nach Worten suchend, stöhnte: eine Verwirrte, die den Boden unter den Füßen verloren hat, in ihren Gefühlen hin und her gerissen, stellte das meiner Meinung nach dar.

Der Käppiträger setzte die Kamera ab, legte seine Patschhände in den Schoß und fragte, ob ich den Text noch nicht könne. Ich würde immer Pausen machen und aus der Rolle fallen. Aus der Rolle fallen! Ich war mitten drin in der Rolle! Mein Gott merkt denn dieser Idiot nicht, dass ich "denken" spiele, dass das Gestaltung ist!

Selbstverständlich ließ ich es mir nicht anmerken, damals, dass ich ihn für einen Ignoranten hielt, sondern fragte lieb wie ein Lämmlein, ob ich es nochmal machen dürfe.

Dann schnurrte ich ihm den Text nur so runter, dass er baff war. Jedenfalls machte er keine dummen Sprüche mehr, sondern stellte ein paar Fragen zu meiner Person. Das schien mir ein Zeichen eines tiefergehenden Interesses zu sein. Ich listete also meine künstlerischen Meriten auf, die vielen hochwertigen Produktionen, an denen ich klein, aber fein beteiligt war. Wie klein, brauchte er ja nicht zu wissen.

"Wieviel Leute sollen das denn sein, zweimal zwei Zwillinge?" wollte er zum Schluss noch wissen. "Vier," sagte ich. "Quatsch, acht," sagte er, reichlich rüde. Auf welche meiner Eigenschaften ich besonders stolz sei, wollte er auch noch von mir hören. Das ging ihn einen Dreck an, aber was tut man nicht alles für eine Rolle. Ich antwortete, wieder ganz die Lustige: "Ich bin sehr intelligent und darüber bin ich froh."

Als ich zur Türe raus und wieder auf der Straße stand, kam ich mir allerdings blöd vor. Die Rolle habe ich auch nicht bekommen.

14

DER GRÜBELZWANG

Diese Haarspalter und Pedanten werden noch einmal mein Untergang sein. Zweimal zwei Zwillinge habe ich gesehen, habe ich zu ihm gesagt. Was gibt es daran auszusetzen? Nehmen wir ein Zwillingspaar. Jeder einzelne von diesem ist doch ein Zwilling, oder nicht? Zweimal zwei Leute sind vier Leute, nicht acht. Wegen solcher Haarspaltereien hat er tatsächlich die Rolle anderweitig besetzt, mit einer dieser unbedarften, alten Tanten!

Misserfolge wie diese gehen mir nicht aus dem Sinn. Selbstzweifel und Grübelzwang bestimmen meine Gedankengänge, tags, nachts, wo ich gehe und stehe, lässt es mich einfach nicht los. Das mit den Zwillingen und dass die Andere in ein Kloster gegangen ist und ich nicht. Woran liegt es denn, dass ich noch nicht berühmt, dass ich kein Star bin, wie diese Kollegin, die in dem wunderbaren Schweizer Film die Hauptnonne spielen durfte? Und ich als bloße Stichwortgeberin, als Reifenhalterin, daneben. Ist sie darum ein Star, weil sie sich mehr ins Zeug legt als ich? Bin ich zu lau, zu halbherzig, ja, zu faul? Mache ich es mir zu einfach? Habe ich es darum nicht weitergebracht? Der Gedanke, zeitlebens eine Mogelpackung gewesen zu sein, bedrückt mich.

Was wäre denn, wenn ich mich nachträglich in ein Kloster begeben würde? Es wäre eine Möglichkeit, die negativen Folgen meiner mangelhaften Vorbereitung besser abzuschätzen. Und wer weiß, vielleicht werde ich noch einmal als Nonne besetzt und dann wüsste ich ein für allemal Bescheid. Keine schlechte Idee. Nach all den Fehlschlägen, beruflich und privat, aufzutanken, zur Ruhe zu kommen, zur Besinnung in klösterlicher Abgeschiedenheit. Wo

Ruhm und Eros, meine beiden Quälgeister, außen vor bleiben müssen, wo Stille, Trost und Friede mich erwarten. Keine schlechte Idee.

Allerdings, die Kirche macht es einem nicht leicht, wenn man in die Jahre kommt. Heute erhielt ich ein Faltblatt von der Gemeinde mit der Post. Eine Einladung zu einer Seniorenfreizeit in einem Hotel im Taunus. "Wie in jedem Jahr fährt eine Krankenschwester mit" heißt es darin. "Selbstverständlich hat das Haus einen Fahrstuhl, der uns beschwerliches Treppensteigen erspart". Und das mir, der man immer noch die Leichtfüßigkeit eines Rehs attestiert. Sowas nimmt mir den Schwung! Wie soll ich nach derartiger Lektüre auf Männerfang gehen?

Es ist nicht so, dass mir das Leben keine Chancen bietet. Aber die Chancen sind zu flüchtig, als dass ich sie ergreifen könnte, wie es scheint. Neulich bin ich an einem frühen, aber schon herbstlich dunklen Abend einem alten Mann mit Hund auf der Straße begegnet. Mit einem mittelgroßen, langhaarigen schwarz-weißen Hund. Der Hund blieb stehen und ich blieb stehen. Der alte Mann sagte: "Er tut nichts, er kennt Sie doch." Ich sagte: "Nein, er kennt mich nicht." "Natürlich kennt er Sie," sagte der Mann, "Wenn ich Sie kenne, kennt er Sie auch!" "Sie kennen mich nicht." sagte ich, sturzdumm wie ich bin. "Doch, ich kenne Sie" sagte der Mann, "Sie gehen öfters hier lang, oder nicht?" "Ja schon," sagte ich, "aber ich kenne Sie nicht." Also doofer als ich kann man wirklich nicht reagieren. So doof, wenn sich eine möglicherweise lebenswichtige Chance geradezu aufdrängt. Da fresse ich doch einen Besen, wenn das kein Witwer war!

Natürlich könnte ich, falls ich ihm mit seinem Hund noch einmal begegne, diesen von mir abgewürgten Kontakt aufgreifen und vertiefen. Auf jeden Fall könnte ich sagen: "Na, jetzt kenne ich Sie aber! Wissen Sie im Dunklen bin ich immer sehr vorsichtig." Oder "ängstlich" könnte ich sagen. Das wirkt weiblich, schutzbedürftig. Ich muss mal zu meiner Nachbarin. Die hat ein Buch mit allen Hunderassen. Das wäre kein schlechtes Gesprächsthema, wenn ich bei der nächsten Begegnung wüsste, was für einen Hund der alte Mann hat.

Der alte Mann. Soweit ist es mit mir gekommen. Was anderes kommt für mich nicht mehr in Frage. Ich vergreife mich nämlich nicht an den zehn, zwanzig oder dreißig Jahre Jüngeren. Die Männer meines Alters hingegen kennen diese Hemmungen nicht. Im Gegenteil. Kapieren die denn nicht, dass sie mir damit die Partnersuche erschweren? Von den jungen Damen finde ich es auch nicht richtig, dass sie die paar freilaufenden Witwer und altgewordenen, freiheitsmüden Hagestolze einfangen und an sich binden. Das gebe ich auch unmissverständlich zu verstehen, wenn mir so ein ungleiches Paar auf der Straße begegnet. Ich schaue dann demonstrativ mal zu ihm, mal zu ihr, bis sie auf gleicher Höhe sind. Dann kommt ein kurzes, abgehackt gehustetes "Ahem!" von mir, während ich das Paar passiere, damit auch der letzte Zweifel ausgeräumt ist, dass hier in meinen Augen eine Mesalliance betrieben wird.

Meinetwegen können sie mich noch von hinten sehen, falls sie sich nach mir umdrehen, wie ich fassungslos meinen Kopf schüttele. Bekommen diese Lebegreise, die mit ihren Torten am Arm auf der Straße an mir vorbei stolzieren diese fromme Seniorenkirchenwurfpost nicht?

Mag sein, dass ich diesem Drang mit wildfremden Menschen, egal wie, zu kommunizieren, deshalb erliege, weil ich so viel alleine bin. Ich finde es aber auch nicht richtig von den jungen Damen, dass sie mir die alten Herren wegschnappen. Ich nehme ihnen ja auch nicht die Jungen weg. Zum Beispiel der junge Kollege, der schon mal kommt, um mir beim Lampen montieren zu helfen, der Thilo. Ein Herkules, ein Goliath, sanftmütig, melancholisch, dem Meditieren zugeneigt und so schön, dass er weit über die Landesgrenzen hinaus als "The Body" bekannt ist. Ich käme doch gar nicht auf die Idee.

Da ist dieser nette junge Mann in der Eisdiele. David heißt er. So anmutig wie der von Michelangelo. Nicht schwul, wie man in Köln hinzusetzen muss. Ein Student der Physik, der in den Semesterferien in der Eisdiele die Bällchen rollt und in die Hörnchen drückt. Der sich zu freuen scheint, jedesmal, wenn ich auftauche und mich in ein Gespräch verwickelt, jedesmal, wenn ich mir bei ihm ein Eis hole. Da bleibe ich bei ihm an der Theke stehen. Muss ich ja. Weil er mich gerade etwas Wichtiges gefragt hat, wenn leider schon der Nächste kommt und "einmal Erdbeer, Schoko, Mokka, drei Kugeln, Pistazie, Walnuss, Tiramisu" und so weiter, bestellt.

Er macht mich mit der Welt der Physik bekannt. Mit der Chaostheorie. Mit Solitonen, Iterationen, Katastrophenfalten und jenem seltsamen Attraktor, Turbulenz genannt. Weiß Gott.

Zaghaft bringe ich auch die Entropie und meine diesbezüglichen philosophisch-psychologischen Ableitungen zur Sprache, und, siehe da, er kann meine Hypothesen nachvollziehen und staunt nicht schlecht über meine breit gefächerten, Kunst und Wissenschaft umgreifenden Interessen.

Eindringliche Gespräche sind das, mit David, meinem seltsamen Attraktor, an der Eistheke. Wo wir, trotz der vielen Störungen und dass er immer wieder fragen muss, "Hörnchen oder Becher", nie, nie den Faden verlieren. Er bedient die drängelnde Kundschaft so bewundernswert freundlich und flink. Ich fange immer wieder seinen Blick auf, so dass wir bei aller Betriebsamkeit, ich möchte sagen, aufs Innigste aufeinander bezogen bleiben. Wir nutzen jede Lücke zwischen den Bestellungen, um den Faden wieder aufzunehmen und weiteres Wichtiges über die Schauspielkunst oder über physikalische Gesetzmäßigkeiten auszutauschen.

Aber immer wieder funkt einer dazwischen, mit "Stracciatella, Mocca, Haselnuss..."

Einmal ist mir der Münzteil meines Portemonnaies aufgeplatzt, als ich mit ihm plaudernd an der Theke stand. Das ganze Kleingeld fiel auf den Boden. Da kam er flugs um die Theke herum und kniete vor mir nieder, es wieder einzusammeln. Ich konnte es nicht ertragen, ihn so zu meinen Füßen zu sehen, wo ich ihn insgeheim so hoch und heilig halte. "Weg, weg!" habe ich gerufen und mit den Armen gefuchtelt, bis er verdutzt aufstand, während ich mich selber auf die Knie warf, um den Rest aufzulesen. "Weg, weg!"

So dramatisch verläuft es aber nicht alle Tage. Gerade nach solchen Eruptionen unterdrückter Gefühlsgehalte bin ich um Maß und Dezenz bemüht.

Wie gerne würde ich ihm als Schauspielerin imponieren. Damit er auf mich stolz sein kann, stolz, mich zu kennen und vor seinen Kommiliton/Innen mit mir renommieren kann. Mist, dass ich nicht mehr zu bieten habe, als diese wenigen miesen Minirollen.

Er hat mich schon gefragt, wann er mich mal im Fernsehen sehen kann. Einmal hätte es beinahe geklappt. Da hatte er den Fernseher angestellt, um eine kleine Pause bei den Vorbereitungen zu einer Klausur zu machen und war in die Küche gegangen, um sich ein Bier zu holen. (Er ist aber kein Säufer und schwul ist er, wie gesagt, auch nicht). In dem Moment habe er meine Stimme gehört. Er sei schnell ins Zimmer gerannt, aber mein Auftritt sei schon vorbei gewesen. Ich sei auch nicht noch einmal gekommen. Nur auf dem Abspann, da habe er dann meinen Namen lesen können. "Gratuliere," sagte er, "Ist ja toll." "Jaja," habe ich notgelogen "der Hauptteil der Rolle war ganz am Anfang. Später kam ich auch noch mal, aber das haben die weg geschnitten. Die schneiden immer so viel raus." Stimmt ja auch.

Wenn ich eine Latte Macchiato trinke, wenn gerade kein Andrang an der Eistheke ist, kommt er schon mal an meinen Tisch. Setzen darf er sich nicht. Er fragt, wann ich wieder im Fernsehen zu sehen bin. Ich frage, was sein Studium macht. Wie richtige Freunde. Noch viel mehr würde ich ihm und er mir erzählen, wenn nicht so viel Betrieb in der Eisdiele wäre.

Sein Alter weiß ich nicht. Ich frage nicht danach, weil ich sonst auch mein Alter aussprechen müsste. Ich will ihn nicht mit meinem Alter belasten. Er braucht nicht zu wissen, wie traurig ich darüber bin seinetwegen. Überhaupt möchte ich bei aller Gesprächsintensität einen beiläufigen, unbefangenen Eindruck machen und den vollen Umfang meines brennenden Interesses an seiner Person geheimhalten. Ich darf mich nur heimlich an seinen dunklen Augen und an seinen einfachen und schönen Bewegungen erfreuen. Peinlich soll es ja nicht werden.

Da gilt es feinfühligst den Moment abzupassen, wenn es keinen triftigen Grund mehr für mich gibt, herumzulungern, wenn ich gehen muss. Ganz elend ist mir dann zumute, weil ich ihn nun den lieben, langen, übrigen Tag nicht mehr sehe. Und wenn die Semesterferien vorbei sind, dann ist es ganz aus. Dann wird er nicht mehr in der Eisdiele arbeiten können.

Ich sollte nicht allzuoft dorthin gehen, ihn nicht allzuoft sehen, weil ich an ihm so viel noblen Verzicht leisten muss. Phantasien seine Person betreffend lasse ich allerdings zu, solange sie altersgerecht, nämlich harmlos verlaufen. Etwa, dass er mich abholt, wenn ich an irgendeinem Bahnhof ankomme und mir meine schweren Koffer tragen hilft. Oder dass ich ihn per Zufall treffe, abends um zehn, wenn die Eisdiele schließt. Und wir, wie immer, ins Plaudern kommen und dann noch auf ein Kölsch in den "Schwan" gehen. Getrennte Kassen natürlich, damit es nicht heißen kann, die Alte kauft ihn sich.

Er könnte mich vielleicht noch nach Hause begleiten, aber an der Haustür müsste Schluss sein. So unbefangen, wie es nur irgend geht, so ganz ohne Hintergedanken, "gute Nacht" gesagt und für die Begleitung gedankt. Den Ärmel seiner Lederjacke könnte ich einmal kurz anfassen, anfassen, unten am Bündchen, so als wollte ich das Material prüfen. Das könnte ich machen. Das wäre schön. Mehr aber nicht. Man muss wissen, wann eine Sache gelaufen ist. Wie die Marschallin im Rosenkavalier, die ich mir zum Vorbild erkoren habe.

Weil das alles so hoffnungslos ist, darf ich nicht locker lassen in meiner übrigen Kontaktfreudigkeit. Neulich im Zug, im Speisewagen, hatte sich ein recht attraktiver Mann zu mir an den Tisch gesetzt. Ein Intellektueller, aber erfolgreich, um die Fünfzig, mit den berühmten grauen Schläfen, die Krawatte farblich überzeugend auf das Übrige abgestimmt.

Er kritzelte in eine Kladde hinein, eine Rezension vielleicht, oder einen Entwurf für einen Vortrag. Ein bisschen steif und gehemmt war er und schaute nur ab und zu scheu zu mir herüber.

In dem Monat hatte die Bahn finnische Spezialitäten auf dem Speisezettel. Mein Gegenüber bestellte Herne Keitto, den Erbseneintopf mit Schweinebauch, mit Finncrisp und Biobauers Roggenknopf. Ich bestellte genau das gleiche, bei der netten Kellnerin, die auch finnischen Ursprungs gewesen sein könnte, baumlang wie sie war. Genau das gleiche, als kleine versteckte Information für den Herrn, dass es zwischen uns geschmackliche Übereinstimmungen geben könnte. Er wünschte mir förmlich einen guten Appetit und ich ihm auch, mehr nicht. Es lief einfach nicht. Er löffelte stumpf seinen Eintopf. Jedesmal wenn er hoch sah, schaute ich ihm in die Augen, um ihm meine Gesprächsbereitschaft deutlich zu machen. Vergebens.

Als ich zu der Suppe das Finncrisp aus seiner Plastikhülle zerrte, fiel mir der Aufdruck auf: "Der Vollkornsnack für die bewusste Ernährung." Und auf der Liste der Ingredienzien stand der Emulgator E 471. "Hach! Haben Sie das gesehen? In diesem Finnenknäcke ist der Emulgator E 471 enthalten, das reine Gift. Man kann gar nicht genug aufpassen heutzutage." "Ach, wissen Sie, wenn man damit anfängt, kann man gar nichts mehr essen," sagte er und löffelte weiter. So einer ist das! Nun ja, in unserem Alter muss es reichen, dass man einander sympathisch ist. Man kann nicht Übereinstimmung in allen Dingen erwarten. Dazu sind die Lebenswege zu unterschiedlich, die prägenden Einflüsse zu divers. Trotzdem ein Mann mit Stil, der mir gefiel.

Die nette Kellnerin kam zum Kassieren und fragte "Gehören Sie zusammen?" Ich habe "noch nicht" geantwortet. Ich persönlich fand das ziemlich lustig. Der Herr offenbar auch. "Ha!" lachte er auf, "Haha!" und schüttelte seinen Kopf. Leider musste er dann aussteigen. Wenn ich zehn Jahre jünger wäre, hätte er mich möglicherweise nach meiner Adresse gefragt, damit die erfreuliche Begegnung fortgesetzt werden kann. Oder besser, wenn ich zwanzig oder dreißig Jahre jünger wäre. Nichtsdestotrotz hat er "einen schönen Tag noch" zu mir gesagt, als er ausstieg.

Ich habe mir noch die Fazerin mustikka piirakka bestellt, die Blaubeertörtchen mit Sahne. Vielleicht war er doch kein Intellektueller, sondern ein Beamter. So ein 3er-BMW-Beamter.

15

EINKEHR UND INNEHALTEN

Wenn ich halb elf Uhr nachts die Nachttischlampe ausgeknipst habe, steigt aus der tiefen, schwarzen Dunkelheit in mir die Gewissheit auf, dass ich nun ein für allemal ein Single bin, so ganz allein. Wie soll ich das beschreiben? Ein Gefühl von einem Nichts, von einem Garnichts ist das.

Egal wie peinlich, wie erniedrigend, ich werde jetzt eine Kontaktanzeige aufgeben. Oder besser noch, ich werde mich an eine Partnervermittlung wenden. Meinetwegen an eine Partnervermittlung für Senioren.

Ein Trost, dass nächste Woche meine Gräfin gesendet wird. Ich habe an die achtzig Mitteilungen verschickt, an alle möglichen wichtigen Leute, damit die sich die Folge ansehen. Ein witzig aufgemachtes Flugblatt, selbst getextet und gestaltet. Eine Collage. Den Hintergrund gab das Foto eines Wasserschlosses aus Nordrhein-Westfalen. Davor habe ich aus der GALA ein Gruppenfoto der monegassischen Fürstenfamilie ausgeschnitten und eine der adeligen Damen mit meinem Kopf versehen. In einer schnörkeligen Handschrift hieß es dann: "Ab heute bin ich nur noch Anke von Johanning für Sie, meine Damen und Herren. Denn ich bin die Gräfin und ich lade Sie ein, zu einer Verlobungsfeier bei mir zu Hause, auf "Wasserschloss Niederdonk", 17Uhr30, im Dritten Programm."

Ich bin sehr gespannt, auf die Reaktionen, auf die Anrufe und die Rollenangebote. Ich bin immer sehr aufgeregt, wenn ich mich selber im Fernsehen sehe. Dieses Mal auch. Ein bisschen enttäuscht war ich. Enttäuscht von der Auflösung, von den Kameraeinstellungen. Ich finde, ich bin die Hauptperson, da ich die lange Rede halte, die Preziosen verteile und überhaupt die Schlossherrin bin. Da haben sie doch, während meiner Rede, die Braut und den Bräutigam in Kohlkopf-großen Nahaufnahmen gezeigt. Die Braut und der Bräutigam, das sind die durchgehenden Rollen in der Serie. Sie sind die Quotenbringer. Headcast nennt man das, Kopfbesetzung. Wahrscheinlich, weil die Redaktion bestimmt, dass deren Köpfe immer in Großformat auf den Bildschirm kommen müssen.

Weiter haben sie, während meiner Rede, ganz langsam die gesamte Tafelrunde mit den Gesichtern derer, die meiner Rede lauschten, abgefahren. Dann gab es noch einen Schuss von hinten über meine Schultern, allerdings mit tadellos frisiertem Hinterkopf, einen Schuss die Tafel herunter, mit einem Zoom auf die Schlossallee, die durch die Sprossenfenster zu sehen war. Und eine Großaufnahme auf die Juwelen, die ich in zitternd-blaugefrorenen Händen hielt, weil das blöde Schloss, wie ich bereits erwähnte, nicht geheizt war.

Naja, selber ist man immer besonders kritisch, ich denke aber schon, dass es den unbefangenen Zuschauer beeindruckt hat. Ich bin gespannt auf die Reaktionen. Ich bin überhaupt gespannt, wie es weitergeht. Beruflich und privat. Es tut sich so wenig. Genau genommen, tut sich gar nichts. Ich finde kein Ventil für meine Unruhe und keine Betätigung für meinen Schaffensdrang.

"Wenn Du Dich gebremst fühlst, musst du dich selbst bremsen," hat Augura zu mir gesagt. Augura, die ich Gott sei Dank zwischenzeitlich aus den Augen verloren habe. Die Zeit scheint mir nun reif für diesen Klosteraufenthalt. Einkehr. Besinnlichkeit. Neue Kraft schöpfen. In Gedanken noch einmal die schönen Drehtage in der Schweiz durchleben. Die Rolle der Nonne noch einmal kritisch Revue passieren lassen - die Zeit ist reif.

Ein Anruf im Kloster und ich habe für zwei Tage gebucht. Gleich morgen schon, nicht weit von Köln, auf einer Insel mitten im Rhein gelegen. Am Bahnhof Rolandseck muss ich aussteigen, einen halben Kilometer, den Rhein entlang, Richtung Bonn zurück laufen und dann mit der Klosterfähre über den Rhein, auf die Insel hinübersetzen. Schwester Generosa hat mir das ganz genau am Telefon erklärt. Ich freue mich schon.

In den Koffer packe ich nur Hochgeschlossenes und farblich Gedecktes. Schminke und Parfum nehme ich gar nicht erst mit. Es soll schließlich um innere Werte gehen, die nächsten zwei Tage. Schlimm genug, dass ich Schauspielerin bin und obendrein eine Evangelische. Aber das will ich ohne Not nicht hinaus posaunen während meines Verbleibens dort.

Für die Anreise bin ich um sechs Uhr früh aufgestanden, damit der erste Tag gleich ein schöner, langer Tag wird, mit viel Einkehr und Besinnung. Mit Bus und Straßenbahn bin ich pünktlich am Zug, die Anschlüsse fügen sich naht- und mühelos, wie immer, wenn man sich auf dem rechten Weg befindet. Dann fließt es eben.

Der Regionalzug gleitet von Halt zu Halt. Ein Blick auf die Uhr. Jetzt dürfte Rolandseck kommen. Ein Herr hebt mir meinen Koffer von der Ablage. Sympathisch, feinsinnig wirkend, leider mit Ehering. Ich arbeite mich zum Ausstieg vor. Dort ist der Schaffner. (Zu jung für mich).

"Jetzt kommt doch Rolandseck," sage ich zu ihm. "Nein," sagt er, "jetzt kommt Oberwinter." "Wie?" sage ich. Der Zug hält an. "Ist das nicht doch Rolandseck? Das ist doch Rolandseck!" "Nein, Oberwinter." "Wo ist denn das Schild? Da ist doch immer so ein Schild," jammere ich. "Das kann man von hier nicht sehen. Muss wohl weiter vorn sein." Der Mann hat die Ruhe weg und steigt aus, um das Signal zur Weiterfahrt zu geben. "Ja, können Sie nicht mal schnell vorgehen und gucken?" dränge ich. "Nein, wir müssen jetzt weiter," sagt er, pfeift, wedelt mit dem Signal und steigt wieder ein. Der Zug fährt an. Da kommt das Schild. Rolandseck steht darauf.

"Rolandseck, das war doch Rolandseck! Sie haben gesagt, das wäre nicht Rolandseck!" heule ich auf. "Das geht doch nicht, was soll ich denn jetzt machen?" "Ja, da müssen Sie die nächste Station aussteigen und wieder zurück fahren." "Das geht doch nicht. Ich habe einen Termin! (Im Kloster, aber ist ja egal.) Wie konnten Sie nur sagen, dass es nicht Rolandseck ist." "Junge Frau, ich bin neu auf der Strecke." Junge Frau. Ich bin sechzig. "Aber das geht doch nicht!" schreie ich und steige fluchend aus. Gottverdammt nochmal, verdammtes, gottverdammtes Vollidiotenpack, kreuzverdammtes!

In Oberwinter bin ich. Der nächste Zug zurück fährt in einer Stunde. Vielleicht gibt es einen Bus. Das Bahnhofsgebäude ist offenbar stillgelegt. Kein Mensch weit und breit, den man fragen könnte. Ich hieve den Koffer die Treppe herunter, auf die Straße. Gottverdammtes Saupack. Kein Taxi, keine Telefonzelle. Da kommt eine Frau angeradelt. Ja, gleich um die Ecke sei eine Haltestelle. Ich schleppe meinen Koffer dahin. Ein Schild, dass der Bus während der Schulferien nicht fährt. Gottvermaledeites Sauidiotenpack. "Ja," sagen Passanten, "da müssen Sie zum Rheinufer runter. Nur da fährt um diese Jahreszeit der Bus." Saukaff, versifftes, verdammtes.

Am Rheinufer, zirka drei Kilometer weiter, ist tatsächlich eine Bushaltestelle und eine junge, dunkelhaarige Frau wartet bereits dort. Ich warte eine Weile mit ihr und erhole mich vom Kofferschleppen. Dann kommen wir ein bisschen ins Gespräch. Sie ist aus dem Iran und will nach Baguhtispeck. Nach Bad Godesberg, wie ich nach und nach begreife. Allerdings wartet sie schon seit einer dreiviertel Stunde und es ist kein Bus gekommen. "Oh," sage ich, "da schauen wir doch mal auf den Plan. Hier steht halb elf. Jetzt ist es Viertel nach. Der müsste längst da gewesen sein. Oh, neben der Uhrzeit steht ein Kreuzchen. Und Kreuzchen, aha, weiter unten, nicht während der Schulferien, steht da. So eine Schweinerei, kreuzverdammte!"

Ich beschließe die verbleibenden 2 Kilometer zur Fähre zu laufen und lasse die kleine Iranerin, die es mit Trampen versuchen will, mit Worten des Bedauerns zurück.

Diesmal ohne Flüche, sondern die mir auferlegten Prüfungen als Bußgang, als läuternde Erfahrung begreifend, mache ich mich auf den Weg. Auf den Weg nach innen, auf den Weg zu mir. Leicht wird mir ums Herz, sei der Koffer noch so schwer. Kein Weg mir zu lang. Man muss die Dinge nur als Gleichnis sehen, schon wachsen der Seele Flügel. Mönche, sich kasteiend, kommen mir in den Sinn, Flagellanten, Menschen in härenen, kratzigen Hemden, allesamt auf dem Weg in die Seligkeit, in den inneren Frieden, so wie ich.

Schwuppdiwupp, da ist auch schon die Anlegestelle der Klosterfähre. Der vermutlich fromme Fährmann kassiert zwei Euro von mir und ich darf mich, bis zur Abfahrt, auf das Holzbänkchen auf dem Deck setzen.

Oben auf der Uferstraße hält ein Taxi. Ein Greis im Tweedanzug, mit Hut und Rollkoffer steigt aus und kommt die Rampe herunter. Ein Witwer womöglich. Er tippt höflich seinen Hut und nimmt etwas atemlos neben mir Platz. Leider, wie ich sehen muss, kein Witwer, sondern so ein Langweiler mit Ehering.

"Also, was mir passiert ist. Sie werden es nicht glauben," legt er gleich los. Er habe ein Taxi zum Bahnhof bestellt, aber keins angetroffen, als er ankam. Zehn Minuten habe er gewartet und dann von einer Telefonzelle aus bei der Zentrale angefragt, wo denn sein Taxi bliebe. "Ist unterwegs," habe man ihm beschieden und tatsächlich sei es in dem Moment vorgefahren. Er sei eingestiegen, habe dem Fahrer zur Fähre Nonnenwerth angegeben. Das Taxi sei losgefahren, nach 100 Metern jedoch habe der Fahrer jäh gebremst und sei im Rückwärtsgang an den Ausgangspunkt zurück gekehrt. Dort habe der Fahrer ihn aufgefordert auszusteigen. Er müsse eine vorbestellte Fahrt abholen. "Ja aber," habe der Herr gesagt, er habe doch auch ein Taxi vorbestellt. Nein, das sei ein Missverständnis, dieses vorbestellte Taxi komme erst noch, habe der Fahrer gesagt und ihn samt Rollkoffer am Bordstein abgesetzt.

Nach etwa zehn Minuten sei selbiger Fahrer wieder bei ihm vorgefahren und habe verkündet: "Ich bin das Taxi, das Sie vorbestellt haben." Der Herr lacht, nimmt seinen Hut ab, reibt seinen Kopf, setzt den Hut wieder auf und lacht weiter. Wirklich ein netter, lustiger Herr. Ich lache mit und gebe meine Anreise zum Besten. So, fröhlich durch gemeinsames Erleben verbunden, setzen wir über den Rhein. Wir erzählen auch gleich Schwester Generosa, die uns an der Pforte empfängt, unsere Abenteuer, einander die Pointen zuspielend. "Und dann hat der Schaffner zu ihr gesagt..." sagt er. "Und dann hat der Taxifahrer zu ihm gesagt..." sage ich. So vertraut sind wir schon, nach so kurzer Zeit. Leider sitzen wir bei den Mahlzeiten nicht am selben Tisch. Das ist mit Namenskärtchen festgelegt. Er sitzt obendrein noch mit dem Rücken zu mir, so dass die zarte Verbindung alsbald abreißt.

Einmal sehe ich ihn, von weitem, mit einem Buch auf einer Bank unter einem Pflaumenbaum sitzen. Er winkt nur kurz zu mir herüber. Er ist wohl auf innere Einkehr eingestellt. Ich im Übrigen auch. Kaum einen Tag bin ich hier und schon weht mich der Weltgeist an. Es schlummern, so scheint es, spirituelle Fähigkeiten in mir, von denen ich nichts geahnt habe. Beim Umwandern der Insel versenke ich mich in den Anblick des Flusses - in die Lichtreflexe auf seiner Oberfläche, in sein stetes Fließen. Alles fließt, ja, ja. Kann es meinetwegen auch. Jetzt, wo bei mir alles den Bach herunter ist.

Der Fluss, begreife ich, ist ein Lebewesen, ein in sich zusammenhängendes Lebewesen, ohne Anfang, ohne Ende, so wie meine arme Seele auch. Dem Weltgeist verbunden fühle ich mich. Philosophie wäre auch was für mich gewesen.

Aber nicht nur das Seiende, auch das Gewesene erhellt sich mir in diesen begnadeten Stunden. Erinnerungen steigen in mir auf, Szenen, in denen meine spätere Erfolglosigkeit bereits keimhaft angelegt erscheint. Als strahlende Junge durfte ich in einem Fernsehspiel eine hübsche Rolle spielen, bei einem berühmten, alten Regisseur, der recht zufrieden mit mir schien. Er nahm mich auch am Ende meiner Dreharbeiten beiseite, ob ich ihm zu Gefallen, nur für ihn privat, noch einmal in das Badezimmer gehen könnte und mich für ihn entkleiden, so wie man sich im Badezimmer entkleidet. Das würde dann, nur für ihn privat, durch die geriffelte Scheibe der Badezimmertür gefilmt. Nur unscharf könnte man mich erkennen, durch die geriffelte Scheibe, also keine Angst und wie gesagt, nur für ihn privat.

Nun, warum nicht, dachte ich, zog mich bis auf den Unterrock aus, stellte mich ans Waschbecken und legte eine perfekte Pantomime von Zähneputzen, Mundspülen, Gurgeln und Ausspucken hin, sicherlich gut zu erkennen, bei meiner Profilstellung, trotz der geriffelten Scheibe. Ich achtete selbstredend darauf, meinen auch damals schon ausladenden Bauch nach Kräften eingezogen zu halten und gute Figur zu machen.

Als ich damit fertig war, warf ich mir wieder das Kleidchen über und verließ das Badezimmer. Der berühmte Regisseur war leider verschwunden, so dass ich mich nicht von ihm verabschieden konnte. Gemeldet hat er sich nicht mehr bei mir mit tollen Anschlussrollenangeboten, wie ich das, nach so viel persönlichem Interesse, von ihm erwartet hatte. Ein Kollege sagte zu mir, als ich davon erzählte, warum ich mich nicht nackt ausgezogen hätte, hinter der geriffelten Scheibe, das wäre doch nicht so schlimm gewesen. Dieser Kollege ist als Sauigel bekannt, so dass ich nicht viel auf seine Meinung geben möchte, trotzdem muss ich mir eingestehen, dass ich die wenigen großen Karrierechancen - und dieses wäre womöglich eine gewesen - nicht gebührend genutzt habe.

Wie gesagt, nicht nur erhellende, auch trübe Gedanken gingen mir in diesen zwei Tagen durch den Kopf. Aber die Tage waren schön gegliedert, durch meine Spaziergänge, die Andachten und die Mahlzeiten. Das Abendbrot war wirklich ein Abendbrot, nur mit Brot und Aufschnitt und einer Tomate, die man selber zerschneiden musste. Einmal gab es eine Obstkaltschale. Das habe ich auch als altmodisch und beruhigend empfunden. So wie die Schwester Ottilie, die für den Blumengarten zuständig war und abends die Nacktschnecken auf einem Spaten sammelte, um sie dann für die Fische in den Rhein zu werfen.

Ich habe die fröhlichen, selbstlosen Schwestern bestaunt, alle in meinem Alter, weil es keinen Nachwuchs gibt. Ob man in meinem Alter noch konvertieren kann, noch als Novizin in Frage kommt? Ich habe vergessen, das zu fragen.

Es wäre schön, im Alter versorgt und in einer Gemeinschaft geborgen zu sein, wie diese Weiblein hier. Ich habe sämtliche Andachten besucht, von Vesper bis Laudes, von morgens bis abends war ich dabei. Ich habe mich zwar als Protestant geweigert, in die Knie zu gehen, das Weihwasserbecken anzulaufen oder Kreuze zu schlagen, aber darüber hinaus bin ich, glaube ich, nicht unangenehm aufgefallen.

16

WENN ICH NOCH EINMAL GEBOREN WERDE

Ich war im Theater und habe mir "Kuss des Vergessens" von Botho Strauß angesehen. Aus persönlichen Gründen hat mir das Stück nicht so gut gefallen. Weil darin ein alter Mann und ein bildschönes junges Ding ein Liebespaar abgeben. Umgekehrt wird das zu meinem Leidwesen nicht so gern gesehen, wie ich bereits reichlich ausgeführt habe. Es sei denn er, (Harold), hat sich gerade einen Strick um den Hals gelegt und sie, (Maude), ist Motorradfahrerin. Eine Bettszene ist allerdings in diesem Film nicht zu sehen. Vielleicht wurde eine gedreht und später heraus geschnitten. Das kennt man ja. Zu sehen war jedenfalls keine.

Bei dem Alten mit der Jungen kommen sehr wohl Bettszenen vor. Man kann sehen, wie sie sich entkleiden, wie er eindeutige Griffe an ihr vornimmt und wie sie auf der Bettkante herumsitzen. Durchaus dezent, um nicht zu sagen, altersdezent, ins Bild gebracht.

Was mir jedoch gefiel war ein Spruch, der zu Beginn auf die Kulisse projeziert war: "Begegnen sich im Ozean zwei einsame Wellen, so durchdringen sie einander, ohne sich gegenseitig zu zerstören. Im Augenblick ihres Zusammenstoßes verformen sie sich und finden danach wieder zu ihrer ursprünglichen Form; als hätten sie sich nie gesehen und die Begegnung vollkommen vergessen. Solche Wellen heißen Solitonen; es sind Wellen ohne Gedächtnis."

Den Text habe ich mir abgeschrieben, weil ich dabei an meine gewesene Ehe denken musste. Dass sie auch keine Spuren hinterlassen hat bei mir. Dass die zwanzig Jahre sich in ein Nichts aufgelöst haben. So als hätten dieser

Beamte und ich, wie diese Wellen im Ozean, kein Gedächtnis.

Ich habe mir diesen Text für David notiert. Wegen der Solitone. Wenn er, zu Semesterbeginn, wieder in die Eisdiele kommt und wir unsere interessanten Gespräche über die Chaostheorie fortsetzen können.

Tüdeladdelüda! Das Telefon. Ich hebe ab und David ist am Apparat. Wieso denn das? "Ja, hallo, woher hast du denn meine Telefonnummer?" "Aus dem Telefonbuch." Natürlich aus dem Telefonbuch. Da muss er also meinetwegen im Telefonbuch nachgeguckt haben. Das klingt interessiert. Oh weh. Jetzt wird es brenzlig.

"Na, wie gehts denn?" frage ich. "Ja, sehr gut!" Er wolle sich von mir verabschieden, weil er nach den Semesterferien nicht mehr in die Eisdiele komme. Es habe nämlich geklappt mit seinem US-Stipendium, an das M.I.T. in Boston. "Na, das ist ja toll!" freue ich mich. "Moment," sage ich, "ich hab da noch was." Ich hole mein Tagebuch und lese ihm den Spruch mit den Solitonen vor. "Schön," sagt er, wie immer auf gleicher Wellenlänge mit mir. "Aber dass die kein Gedächtnis haben, das kann man auch anders sehen. Nämlich, dass sie danach so aussehen wie vorher, weil sie imstande sind, sich ihrer ursprünglichen Form zu erinnern."

Ist er nicht großartig! Ist er nicht wunderbar! So jung und mir schon so überlegen. In allen Dingen. Ich bin begeistert.

"Ja, dann wünsche ich alles Gute! Bei mir geht es auch aufwärts. Ich habe schon wieder ein Angebot für ein paar Drehtage." Ein paar, sage ich halt. Vielleicht geht wieder die Kamera kaputt und aus dem einen Tag werden zwei.

"Toll!" sagt er und "Tschüss". "Tschüss," sage ich, "und alles Gute."

Tschüss kommt von Adieu. Gott befohlen. Good-bye. God be with ye. Gott sei mit dir. Adieu. Tschö.

Ich habe kein Bild von ihm. Warum war er immer so nett zu mir? So an mir interessiert? Irgendeinen Grund muss es doch gehabt haben. Womöglich ist ihm seine Großmutter verstorben und ich habe ihn an sie erinnert. Tja.

Was meinen Ex angeht, so fühle ich mich nach wie vor mit ihm verheiratet. Bis dass der Tod uns scheidet. Dazu brauche ich ihn nicht. Das kann ich auch alleine.

Und wenn ich noch einmal geboren werde, dann möchte ich singen können, Eiskunstlaufen, Gitarre und Klavier spielen. Ich möchte wie eine Indianerin oder Italienerin oder Zigeunerin aussehen. Innerlich voller Glut aber äußerlich stolz bis zum Umfallen.

Oder eine grausame Prinzessin möchte ich sein, die den Prinzen, die von weither kommen, sie zu freien, unlösbare Rätsel aufgibt. Prüfungen hätten die zu bestehen, von einem Schwierigkeitsgrad, dass sie allesamt geknickt wieder abziehen müssten. Dann wäre es nämlich zu spät. Die leidenschaftliche Hingabe, die ich dann bei Männern auslöse, wäre mir schnurz.

Um mich hat nie einer gekämpft oder einen hohen Preis gezahlt. Ansprüche konnte ich keine stellen. Dafür hätte erstmal einer überhaupt anbeißen müssen. Und das war nicht der Fall. Ich war vielmehr genötigt, kleine Brötchen zu backen und mich mit meinen Koch- und Bügelkünsten anzudienen. So war das. Zu einem Geschlechterkampf konnte es gar nicht erst kommen, weil ich schon im Vorfeld kapituliert hatte. Damit überhaupt was lief.

Ja, jenseits von Gut und Böse, möchte ich sein, auch beruflich, beim nächsten Mal. Ein Killerhai, eine Rampensau, eine begnadete, endlich einmal. Bei den Kollegen nicht beliebt, sondern verschrien sein. Dafür aber die dicke Rolle in einer Seifenoper spielen dürfen. Im Hauptcast und eine Quotenbringerin sein. Auf dem Titelblatt vom GONG und als Gast in den Talkshows zu sehen sein. Interviews will ich geben. Mindestens zwanzig Drehtage im Jahr will ich haben. Wenn ich noch einmal geboren werde. Auf jeden Fall, so wie es war, soll es nicht noch einmal werden.

17

KNUT, DER GUTE

An so einem brillant sonnigen Morgen, vor dessen Hintergrund sich das eigene Unglück besonders düster abhebt, spricht mich auf der Straße eine mir unbekannte, als Gruftie verkleidete Frau an: "Gehn Sie auch einkaufen?" Ich: "Ja." "Immer die Weiber!" sagt sie. "Was hat das mit den Weibern zu tun?" frage ich. "Na, wir müssen doch immer traben!" Ich, heiter-kommunikativ: "Nee, nee, ich trabe für mich allein." Sie: "Ach, alleine sind sie auch noch!" Ich, stolz, aber meinen Schritt beschleunigend: "Ja." Sie legt auch einen Zahn zu: "Wo ist denn ihr Mann? Gestorben?" Ich: "Leider nein." Sie: "Soll das ein Witz sein?! Das will ich aber nicht gehört haben!!" Ich, im Laufschritt: "Dann fragen Sie mich doch nicht!" "Entschuldigen Sie, dass ich geboren bin!" ruft sie mir hinterher.

Es muss an meiner Ausstrahlung liegen. Einsam, verloren und wehrlos. Da fahren sie drauf ab, die frei herum laufenden Psychopathen und schlagen zu.

Aber ich habe auch Freunde. Die kümmern sich um mich. Die machen sich Gedanken.

Heute, zu meinem Geburtstag, zum Beispiel, bekomme ich von einer Freundin eine CD geschickt. Kammermusik. "Das kann man sich auch gut alleine anhören" schreibt sie dazu. Ja, die Glückliche. Sie kann sich Hand in Hand mit ihrem dicken Frieder Opern, Symphonien und Rockkonzerte um die Ohren hauen, während mir glücklosem Single mehr als leises Geklimper nicht zuträglich ist.

Auch ein sehr, sehr netter Kollege ruft an, weil ich Geburtstag habe: "Na, wie geht es dir? Einsam und verlassen!

Muss ja schrecklich sein! "Och," sage ich. Ich lasse mir da nicht gerne was anmerken. Obgleich es in mir brodelt. Schmerz, Hass, Wut, Neid und Unversöhnlichkeit brodeln in mir, dass es eine Schande ist.

Er fragt, ob mir mein Ex auch gratuliert hat. Rums, ist es aus mit der Fassung. "Nein," heule ich in den Telefonhörer hinein, dass es kein Ende nehmen will, "Nein! Hat er nicht! Das Schwein!! Nicht mal das! Das Schwein!"

"Du musst dich endlich mal damit abfinden, dass es zu Ende ist, aus und vorbei! Dass der dich nicht mehr liebt! Es ist vorbei!" unterbricht er mein Geheule. Er weiß, dass man ab und zu ein bisschen streng mit mir sein muss. "Du hast kein Recht mehr, ihm Vorwürfe zu machen!"

Ich soll mich nicht immer nur infantil in Anklagen und Selbstmitleid ergehen! Ich sollte lieber mal über die Leidensgeschichte von meinem Ex nachdenken, über dessen Leidensgeschichte mit mir, über die Fehler, die ich gemacht habe. Solange ich mich nicht der Ambivalenz meiner eigenen Gefühle und Handlungen stelle und mein eigenes Versagen in vollem Umfang angenommen habe, ist eine echte, reife Auseinandersetzung mit der Trennung nicht möglich, bescheidet er mir. Und alles Gute im neuen Lebensjahr!

Der Kollege ist ganz klar versierter im Psychologischen als ich. Er hat sogar schon einmal eine Familienaufstellung nach Hellinger mit sich veranstalten lassen. Er war schon immer einfühlsam, aber jetzt erst recht. Und er kann konfrontieren wie ein Weltmeister, so dass wieder Bewegung in verkrustete Strukturen kommt. In meine verkrusteten Strukturen einseitiger Schuldzuweisungen.

Von dem Nervenzusammenbruch im Anschluss an das Telefonat habe ich mich erstaunlich schnell erholt. Letztlich tut solche Strenge gut und verjagt die Flausen, die ich mir in den Kopf gesetzt hatte. Dass es da einen Täter gibt und ich das Opfer bin. Was für ein Quark. Wie konnte ich nur so blöd sein.

Schmerzlich ist es mir zwar, aber die verdrängte eigene Schuld steigt unaufhaltsam empor. Mir fällt da so Einiges ein. Und das Leidensgesicht meines Partners dazu, wenn ich zum Beispiel jedes Mal, aber auch jedes Mal, vergaß, das Licht im Badezimmer auszuknipsen. Ganz grau wurde sein Gesicht vor Gram, wenn wir zu abendlichen Vergnügungen aufbrachen, auf der Straße zum Badezimmerfenster hoch blickten, und ich das Licht schon wieder nicht ausgeknipst hatte. Dann musste ich, aber dalli, in die Wohnung zurück und das Versäumte nachholen.

Ganz grau vor Gram wurde sein Gesicht auch, wenn ich immer noch auf der anderen Straßenseite stand und mich nicht über die Fahrbahn traute, wegen der vielen rasenden Autos. Wenn ich schon wieder beim Essen kleckerte oder beim Gemüseputzen den Küchenboden einnässte.

Und dann immer dieses Geschrei und Gezeter von mir! Der arme Mann! Immer war ich auf 180 wegen jedem Dreck: wegen der Radfahrer auf dem Gehweg, wegen der Raser auf den Strassen, wegen der Bäume fällenden, Äste kappenden, Hecken stutzenden Gärtner, der rotzenden Jogger im Grüngürtel, der stehend Urinierenden vor den Bäumen, hinter den Bäumen, im Gebüsch und am Gebüsch. Lauthals pöbelnd gegen Alles und Jedes war ich ihm, meinem Ex, ein peinlicher Graus.

Schreiend auch zu Hause, wenn ich etwas suchte und nicht fand: "Knuut!" gellend. "Knuuut!" gellend, "wo ist mein Füller, meine Brille, mein Zahnersatz, mein Portemonnaie, was auch immer, Knuuut!" "Knuuut," post-klimakterisch, präsenil gellend, wenn der Drucker nicht druckte, die

Waschmaschinentür nicht aufsprang, wenn in der Dusche kein warmes Wasser kam, "Knuuut!" Oh, ich war eine Pest! En detail. Und en gros erst recht! Ich mag gar nicht daran denken.

Peinsam auch, wenn ich mich vor ihm stehen sehe, in meinem dunkelblauen Plastik-Regencape. Er hat mich immer so gehasst in diesem Regencape. Später auch unabhängig von dem Regencape. Da hätte doch bei mir die Alarmglocke läuten müssen, als sich seine Pupillen bei meinem Anblick verengten und sein Mund diesen gramvollen Zug bekam.

Warum war ich nicht so schick wie die immer schicke Ficktippse? Warum immer nur die alten, ausgebeulten, abgewetzten, schwarzen Hosen? Die alten ausgeleierten Cashmeres, mit den ausgefransten Bündchen? Warum die Haare so naturbelassen grau? Warum die ewigen weißen kochfesten Baumwollschlüpfer?

Eine Schere habe er im Kopf gehabt, hatte mein Knut zu guter Letzt geklagt. Wegen meiner düsteren Weltsicht, meines Dauergezeters, sei er zu keiner eigenen Meinungsbildung mehr imstande gewesen. Ob zum Thema Müllsortieren, Ausstieg aus der Kernenergie, Tempolimit 130, Nato-Doppelbeschluss - immer habe ich ihn mit meinen kreischenden, Fuß aufstampfenden Dogmen und Diktaten mundtot gemacht. Unter meiner Knute habe er sich gefühlt, geistig klein gehalten, sagt Knut.

Ich muss meinem Kollegen dankbar sein. Nach meinem Gang durch die Hölle der Selbsterkenntnis, ist es in der Praxis genauso gekommen, wie er es mir, theoretisch, am Telefon verheißen hat. Jetzt, nachdem ich mich meinem eigenen Versagen, meiner eigenen Schuld schonungslos gestellt habe, jetzt kann ich verzeihen! Auf einmal verstehe ich meinen Ex. Auf einmal kann ich versöhnlich auf ihn und unsere Beziehung zurückblicken. Auf das, was möglicherweise das Filetstück meines Lebens gewesen ist.

Ja, lass mich noch einmal schauen, auf ihn und unsere gemeinsame Lebensstrecke! Wie sah er denn aus, mein Ex? Oder wie sieht er denn aus. Er ist ja noch nicht tot. Ein bisschen muss ich noch an mir und meiner Versöhnlichkeit weiter arbeiten. Jetzt hätte ich nämlich beinahe wieder "leider" gesagt. Also, wie sah er denn aus, mein Ex?

Wie mein Ex ausgesehen hat, will mir nicht einfallen, wohl aber, dass der Holunder gerade geblüht hat, damals im Juni, das wird mir für immer unvergesslich sein.

Man kann seine duftigen, weißen, tellergroßen Blüten in Pfannkuchenteig tauchen und ausbacken. Oder man kann eine Fliederbeersuppe kochen: 750 Gramm reife Beeren in anderthalb Liter Wasser aufsetzen, mit einer Zimtstange, der Schale einer halben Zitrone und zwei Gewürznelken dazu. Das Ganze eine Stunde kochen, durch ein Sieb streichen, mit etwas Stärkemehl andicken und mit einem Schuss Rotwein verfeinern. Oben drauf können dann Eischneebällchen gesetzt werden. Das habe ich, einmal und nie wieder, für uns gekocht, von einem Sack Beeren, die wir am Rodenkirchner Rheinufer gesammelt hatten. Es schmeckt nämlich überhaupt nicht.

Aus Holunderzweigen kann man Pfeifen schnitzen, indem man das Mark entfernt und ein Loch hinein kerbt. So ein kleines Pfeifchen hat mein Ex einmal für mich geschnitzt. Er hat auch die Anfangsbuchstaben unserer beider Namen eingeritzt, in ein hölzernes Brückengeländer, an einem Moorsee, wo die Stare in Schwärmen, wie schwarz-grau changierende Wolken, über dem Schilf tanzten.

Er ist überhaupt so geschickt gewesen. Und praktisch und intelligent und sensibel und witzig und kompatibel und geistesgegenwärtig und fürsorglich und hilfsbereit. Und er hat mindestens einmal pro Woche gesagt, dass er mich liebt.

Schön war es. Er hatte seine Sternstunden. Da hatte sich einmal am Rautenstrauchkanal, wo die Erpel im Frühjahr diese Massenvergewaltigungen mit anschließendem Ertränken an den Entendamen vornehmen, ein Entenküken zwischen den Pflöcken der Uferbefestigung eingezwängt. Ich bin wieder einmal so hysterisch schreiend herum gesprungen und konnte gar nicht hin gucken. Ich hatte Angst, das Küken könnte bereits zu Tode beschädigt sein. Oder ich könnte es zerreißen oder ihm etwas brechen, wenn ich an ihm zerre. Er ist hingegangen und hat es befreit. Mit der angemessenen Ruhe und Behutsamkeit. Großartig.

Er konnte schöne Kaminfeuer bauen. Erst lodernd, knakkend und prasselnd. Dann beschaulich glühend mit kleinen, züngelnden Flammen und sprühenden Funken, wenn ein Holzscheit auseinander brach.

Nur wie er aussah, will mir nicht einfallen. Mir fallen all die Orte ein, wo wir gemeinsam gewesen sind. Ich erinnere die Blumen, - die Hunds- und Heckenrosen auf den Inseln - die Tiere, die Speisen und Getränke: Den Äppelwein in Frankfurt. Den Handkäse und die grüne Soße. Die Kirschwasser getränkte Käseschnitte auf der Alm, auf dem Weg zur Kleinen Scheidegg. Die selbst gepuhlten Krabben in saurer Sahne mit Dill. Man muss den Panzer mit einem schnellen Dreh um die Rumpfmitte knacken. Dann lässt sich das Krabbenfleisch ganz mühelos in einem Stück herausziehen. Die Bergische Waffel mit Sauerkirschen und Sahne in Hoffnungsthal. Polenta mit Gorgonzola im Tessin. Matjes in Bergen/Binnen. Stuten in der Domäne Bill auf Juist.

So viele schöne Ausblicke. Der Blick von der ehemaligen Rothschildschen Sommerresidenz in Königstein auf das nächtlich funkelnde Frankfurt. Von Ronco, der Blick auf den Lago Maggiore, in der Morgensonne glitzernd, vor der Isola di Brissago. In Grindelwald beim Aufwachen, im Bett, durchs Fenster der Blick auf die morgendlich errötende Jungfrau.

In Griechenland sind wir einmal geschwommen, am späten Nachmittag. Das Wasser war ganz ruhig. Ein Fels ragte daraus hervor. Ein Mann, mit einem Pferd am Zügel, stand im Wasser. Die Griechen standen meist im Wasser. Ohne zu schwimmen. Sie haben sich stehend im Wasser unterhalten. Morgens zwischen vier und fünf Uhr haben die Hähne gekräht, von Hügel zu Hügel, von Dorf zu Dorf, in Griechenland.

So viele Tiere sind uns begegnet. Das nachts durch den Wald trabende Stachelschwein in der Toskana. Das den Berghang herunter kugelnde, quiekende Murmeltier, auf der Flucht, im Berner Oberland. Im Herbst, im Schwarzwald, die Blindschleiche auf dem asphaltierten Weg. Die Glühwürmchen in der Eifel. Einmal ein Hirsch, dicht hinter uns, als wir ein Butterbrot aßen auf einer Bank im Münsterländischen. Die nächtlich rumorenden, an die Fensterscheibe klopfenden Steinmarder im Tessin. Auch dort, in Morcote, der prächtige Hirschkäfer, der, am späten Nachmittag, hoch durch die Luft von einem Baum zum anderen segelte.

Ein Haufen Erinnerungen. Trauma induzierende Trigger-Reize sind das. Steht in einem Ratgeber für verlassene Ehefrauen, den ich mir selber zum Geburtstag geschenkt habe. Das muss man sich so vorstellen, als hätte man eine

Pistole an der Schläfe aufgesetzt, mit dem Zeigefinger am Abzug, beziehungsweise Trigger. Und wenn man dann zufällig so eine Hundsrose sieht oder das Wort Morcote hört oder wieder einmal im Münsterländischen auf einer Bank ein Butterbrot ißt - dann macht es päng! und man fällt tot um innerlich. So funktionieren Trigger-Reize, wenn ich nicht schnellstens die menschliche Größe aufbringe, meine vergangene Beziehung dankbar, versöhnlich, ohne Häme, Hass, Neid, Groll und Todeswünsche anzunehmen.

Den Nervenzusammenbruch nach dem Telefongespräch mal abgerechnet, bin ich dem Kollegen richtig dankbar, dass er mir dahingehend die Leviten gelesen und mich mit seinen tiefenpsychologischen Erkenntnissen in die Knie gezwungen hat. Es musste mal Schluss sein mit meiner Vorwurfshaltung, diesem ewigen beleidigte Leberwurst-Getue! Jetzt, wo ich aus vollem Herzen verstehen und verzeihen kann, fühle ich mich endlich frei! Frei für ein neues Leben! Ja, frei für eine neue Beziehung! Jetzt kann es weiter, jetzt kann es aufwärts gehen! Und das habe ich alles meinem Kollegen zu verdanken. Das war kein Nervenzusammenbruch, das war die Katharsis!

18

VIELE MENSCHEN GEHEN HEUTE DIESEN WEG

Katharsis hin, Katharsis her, so ganz vom Eise befreit bin ich noch nicht. Ich habe meine Versöhnlichkeitskapazitäten wohl überschätzt. Was schert es mich, dass mir nicht einfallen will, wie dieser Tippsenficker ausgesehen hat! Die Fotos von ihm sind meinem Zorn zum Opfer gefallen, allesamt. Und das ist gut so. Wie man heute im Zweifelsfalle zu sagen pflegt.

Den Tod will ich ihm nicht mehr wünschen. Aber so was wie ein Blechschaden beim Einparken darf es schon immer mal wieder sein.

Dennoch, das Leben muss weitergehen. Ich darf nicht lokker lassen. Ich muss am Ball bleiben. Auch beruflich. Heute bin ich mit Thilo, "The Body", im Cafe Froisinn verabredet. Da gehen wir gerne hin, weil da so viele Filmemacher herum sitzen. Die allerdings weder Thilo, noch mir Beachtung schenken. Obwohl wir in unseren Gespräch lustige Erlebnisse beim Drehen und anerkennende Worte der beteiligten Regisseure lautstark für jeden, der es hören will, zum Besten geben. Trotzdem will, so scheint es, bei denen der Groschen nicht fallen. Dass man uns durchaus wegen einer Rolle im nächsten Projekt ansprechen könnte. Im nächsten Projekt, dass diese Herrn Filmemacher in Form von dicken Drehbüchern vor sich liegen haben, in denen sie herum kritzeln, während sie mit irgendwelchen hergelaufenen Models ihr Frühstück einnehmen, um 12 Uhr mittags.

Thilo und ich, wir werfen uns kollegial die Bälle zu: "Bist du tatsächlich in ein Kloster gegangen, für deine Rolle in dem Kinofilm?" schreit er für mich. "Wie schön, dass du in deiner letzten Rolle, neben deinen Fähigkeiten im Fechten, Reiten, Bogenschießen und Kickboxen, auch einmal deine dramatische Begabung unter Beweis stellen konntest!" revanchiere ich mich. Aber wie gesagt, Tomaten auf den Augen, diese Filmemacher und auf allen Ohren taub.

Auf dem Weg zum heutigen Treffen im Froisinn, in der Straßenbahn, steigt Augura ein, in einem bodenlangen, dottergelben Kleid. "Na hallo!" ruft sie und hebt die Sonnenbrille kurz. "Du bists! Du siehst ja phantastisch aus! Süß, deine Haare so!" sagt sie, und wuschelt mir im Haar herum. Die übrigen Fahrgäste reißen alarmiert die Köpfe herum und schauen mich an. Eher zweifelnd an Auguras hohem Lob für mich, lassen sie schließlich ihre Blicke mit Wohlgefallen auf meiner schönen Kollegin zur Ruhe kommen.

Ich soll Augura besuchen, bald. Sie macht jetzt etwas Neues, auch für mich möglicherweise Interessantes und Wichtiges. Channeling nämlich. Sie stellt dann ihren Körper als Kanal zur Verfügung, um nicht-inkarnierten Wesen, auch lieben Verstorbenen, wie meiner Mama, zum Beispiel, die Möglichkeit zu geben, sich auszudrücken. Auch mit den ganz hochstehenden Ebenen kann sie Verbindung aufnehmen. Mit den höchsten Ebenen des Wissens. Die Wesen dort können Rat und Hilfe geben. Und dass ich Rat und Hilfe brauche, das sieht sie mir an, sagt Augura.

Es fliegt aber auch viel Schrott herum auf der Astralebene, klagt sie. Seelen Verstorbener, die zum Teil überhaupt noch nicht kapiert haben, dass sie tot sind. Die meinen, sie müssten mit ihren unqualifizierten Ratschlägen auf das Leben ihrer Angehörigen Einfluss nehmen. Vor solchem Schrott will sie mich aber schützen, da kann ich ihr ganz vertrauen.

Das weiß ich. Ich verspreche ihr, beim Aussteigen, bald anzurufen, für Kaffee und Kuchen und ein Channeling. Ich sehe ein, dass ich es nötig habe.

Und noch ein Abenteuer auf dem Weg ins Froisinn. In der Fußgängerzone, marschiert ein alter Mann im Schottenrock auf und ab und spielt den Dudelsack. Da ich gerne mein Schulenglisch aufpoliere, spreche ich den guten Mann an. "Are you a real Scotsman?". Um mir zu antworten, muss er leider den Dudelsack absetzen. Das habe ich nicht bedacht. "Yes, I am. Your English is very good." "But I only said, are you a real Scotsman." Ich frage ihn, ob er "You take the high road and I take the low road, and I'll be in Scotland afore ye", für mich spielen könnte. Er hat einen fehlenden Vorderzahn. "Oh, you got a gap in your teeth," sage ich. "Too expensive to get it fixed. 2000 pounds," sagt er und spielt für mich. "For me and my true love will never meet again, on the bonny, bonny banks of the Gloamin'" Wie wahr.

Im Froisinn zieht Thilo einen kleinen zerfledderten Zeitungsausschnitt aus seinem Portemonnaie. "Anke, sag mal, du hast eine Annonce aufgegeben. Das bist doch du, oder?" Oh wie peinlich! Oh wie ist mir das peinlich! Ich bin es. Dabei habe ich extra in einem auswärtigen Blatt inseriert, damit ich mich nicht blamiere.

"Anke ist mein Name," habe ich getextet, "ich bin 57 Jahre jung, halte mich aber fit, habe eine schöne Figur, ein Auto u. eine gemütl. Wohnung. Doch der Platz an meiner Seite ist leer. Willst Du, gerne aus dieser Gegend, diesen Platz einnehmen??"

57 Jahre und das mit dem Auto stimmt natürlich nicht. Das habe ich zur Tarnung eingefügt, falls irgendein Kölner per Zufall die WAZ lesen sollte. Es war vielleicht ein

Fehler, meinen immerhin ungeläufigen Vornamen zu verwenden - das habe ich nicht in voller Tragweite bedacht.

"Thilo, wofür hältst Du mich? Ich bin doch nicht auf Männerfang!" kreische ich, versehentlich so laut, dass sogar der eine, an mir und Bernd hochgradig desinteressierte Filmemacher mit dem Wuschelkopf sich nach mir umdreht. Vielleicht merkt er sich jetzt endlich einmal meine Fresse, wenn ich schon Tag für Tag seinetwegen in diesen zugigen Laden komme und schlechten Getreidekaffee trinke!

"Ich dachte ja nur," sagt Thilo, "und es wäre doch nicht so schlimm. Viele Menschen gehen heute diesen Weg." Trotzdem braucht er es nicht zu wissen, dass ich die Anzeige aufgegeben habe. Auch nicht, dass ich morgen auswärts fahre, auswärts zur Tarnung, weil ich einen Termin in einem Partnervermittlungsinstitut habe.

Am nächsten Tag sitze ich in dem goldgelb gehaltenen Zimmer der Partnerschaftsvermittlung und warte auf meine persönliche Beraterin, Frau Gums. Ganz respektabel sieht es hier aus. Dick gepolsterte, mit Leder bezogene Türen verheißen die gewünschte Diskretion. Die sonniggelbe Sitzgarnitur verströmt Optimismus und Lebensfreude. Künstliche Zwerg-Sonnenblumen zieren die Balkonkästen. Ein großes, goldgerahmtes Bild über der Couch befasst sich ebenfalls mit Sonnenblumen. "Here Comes the Sun", summt es in mir, hoffnungsfroh. Soll es wohl auch.

Auf dem Couchtisch, ein Schälchen mit Keksen zum Knabbern. Ein Kärtchen mit zwei beflügelten roten Herzen, mit dem sich ein Regisseur/Cutter für die Erstellung des Videos von den Hochzeitsfeierlichkeiten empfiehlt.

Bei Frau Gums Auftritt verdüstert sich zunächst die sonnenhelle Atmosphäre, da sie pechrabenschwarz daher kommt. Schwarzer Rollkragenpullover. Schwarzes Sakko. Hohe schwarze, spitzhackige Stiefeletten. Die Hände, Arme und Ohren reich beringt. Und kleine, schwarze, bös blitzende Augen, die sich bei meinem Anblick bedrohlich verengen. Aber das muss nicht gleich heißen, dass ich ihr unsympathisch bin. Nein, nein. Ein riesiges, silbernes Kreuz baumelt vertrauenerweckend an ihrem Hals. Mit einem freundlichen Lächeln, dem ich gerne die große Lücke zwischen den Vorderzähnen verzeihe, lässt sie sich auf das Sofa plumpsen. "Viele Menschen gehen heute diesen Weg," sagt sie. Genau wie Thilo vor ein paar Tagen im Cafe Froisinn.

"Es gibt so viele Singles heute. Es kann doch nicht jeder mit einem Schild um den Hals herumlaufen, dass er frei und zu haben ist. Und da helfen wir, den Mann, die Frau, den Wunschpartner zu finden. 1800 Männer und Frauen haben wir in unseren Karteien, alle Berufe..." "Auch Akademiker?" frage ich ängstlich. "Auch Akademiker," sagt sie. "Erst neulich hatten wir einen Chirurgen und einen Orthopäden." Ich lehne mich beruhigt zurück.

Eine Erfolgsquote von 80% haben sie. Die Arbeit besteht darin, diejenigen zusammenzubringen, die in ihren Wünschen übereinstimmen. Im Schnitt ergeben sich für jeden Kunden, für jede Kundin 10 bis 15 geeignete Partner.

"Und was kostet das?" frage ich. "2900 Euro," sagt sie. „Aber unbegrenzt. Wenn sich die gewünschte Partnerschaft nicht ergibt - der Mann muss ja auch mit Ihnen einverstanden sein," flicht sie ein und sieht mich etwas strenger an, "dann suchen wir eben weiter, unbegrenzt, wie gesagt. Natürlich gibt es Männer in Ihrem Alter, die sich eine gleichalte Frau wünschen. Aber es gibt auch Männer die sich eine jüngere, sagen wir bis 55, bevorzugen." Hier stockt ihr Redefluss und sie schaut schon mal dezent auf ihre Uhr. "Oder noch jünger, haha," sage ich, zwecks humorvoller Auflockerung. "Nein," nun ist sie fast entrüstet, "das machen wir nicht. Sowas machen wir nicht. Ausländer nehmen wir auch nicht. Nicht weil wir gegen Ausländer sind, aber weil die keiner haben will."

Ich verstehe. Wenn ich Glück habe, klappt es schon bei den ersten fünfzehn ausgesuchten Wunschpartnern, vorausgesetzt, dass die mich auch wollen. 2900 Euro. 2900 geteilt durch 15, das wären dann 193,33 pro Mann, pro Kennenlernen. Nee, nee, Frau Gums, denke ich, das mach ich nicht. Ich sage aber laut: "Vielen, vielen Dank für die Informationen. So ein Chirurg oder Orthopäde, ich meine, grundlegend würde so ein Akademiker gut zu mir passen, da ich neben meinen musischen Neigungen auch naturwissenschaftlich interessiert bin. Sie werden mit Sicherheit von mir hören," sage ich, klaube hastig meine Siebensachen zusammen und reiße an der Klinke der ledergepolsterten Türe.

"Wie, ich möchte Ihnen doch noch gerne ein paar Herren aus unserer Datei zeigen, die für Sie als Wunschpartner in Frage kommen," sagt sie, und eilt an den Computer. "Nein, nein, ich habe gleich einen wichtigen beruflichen Termin. Vielleicht komme ich nächste Woche noch einmal zu ihnen." "Na" sagt sie, voller Frost und Tadel, "die paar Fragen, die hätte ich Ihnen auch am Telefon beantworten können. Da hätten wir nicht extra einen Termin ausmachen müssen." Schamrot gebe ich ihr die Hand und verabschiede mich. Sie kneift noch einmal ihre Augen eng zusammen, so als wollte sie ihre bösen Blicke bündeln gegen mich. Kein Zweifel, dass mich diese Frau nicht leiden kann.

19

ICH HABE EINEN TRAUM

Ich mag gar nicht mehr daran denken, so schäme ich mich meiner entwürdigenden Anstrengungen bei der Partnersuche. Auch wenn viele Menschen heute diesen Weg gehen, ich scheine nicht über das geeignete Naturell zu verfügen.

Als ich nach Hause komme, ist noch keine Antwort auf meine Annonce in meinem Briefkasten. Aber, oh Glück, ein Angebot auf meinem Anrufbeantworter, für eine Rolle in dieser beliebten Seifenoper. Als ich mich melde, stellt sich heraus, dass es nur ein halber Drehtag ist und gleich übermorgen schon. Um sechs Uhr morgens werde ich vom Produktionsfahrer abgeholt. Und dann geht es auswärts, mal wieder auf ein Schloss, wo ich die Haushälterin bin. Mir wäre zwar etwas Erotischeres lieber, damit ich allen meinen Partnerschaftsanwärtern zeigen kann, was noch alles in mir steckt. Aber Hauptsache man kommt überhaupt im Fernsehen. Eindruck macht das allemal, wenn man es mit Leuten zu tun hat, die nicht vom Fach sind.

Weil ich am nächsten Morgen so früh aufstehen muss, gehe ich schon um 10 Uhr ins Bett. Ich habe einen Traum. Es hat geschneit und ich laufe auf dem vereisten Parkweg den Decksteiner Weiher entlang. Mein Ex kommt mir entgegen. Ich gehe grußlos an ihm vorbei. Ich höre Schritte, wie er hinter mir her läuft. Ich brauche den Kopf gar nicht zu drehen, ich sehe auch so, wie er ausrutscht und, mit den Armen rudernd, auf den Hinterkopf fällt. Ich gehe weiter. Von allen Seiten kommen Spaziergänger herbei gelaufen. Die Sirene eines Krankenwagens ist zu hören. Ich gehe weiter. Zu Hause liegt ein schwarzumrandetes Kuvert auf der Fußmatte. Mit einer Anzeige darin, von der Ficktippse, dass sie den Tod ihres lieben, treusorgenden Lebensgefährten, das heißt, den Exitus von meinem Ex, beklagt. Ich beschließe bei der Beerdigung nicht an seinem Grab zu stehen, weil da die Ficktippse schon steht. Kleinlich bis in den Tod bin ich in dieser Frage. Mit der möchte ich nicht einmal auf der Dürener Straße im Supermarkt in der Schlange an der Kasse stehen.

Ob ich mir im Traum tatsächlich diese Gedanken mache, oder sie nachträglich hineindenke, weiß ich nicht. Auf jeden Fall sehe ich mich am Ende des Traums in der Eisdiele vor einer Latte Macchiato sitzen.

Der Wecker piept, aus der Traum. Es ist Viertel nach fünf und die Welt ist, so wie sie ist, für mich in Ordnung. So viel Schwung hatte ich schon lange nicht mehr. Ich richte mein Frühstück: Ananasstückchen, Apfelsine filetiert, Apfel gerieben, Zitronensaft, Bioghurt, Kürbiskerne, Haferflocken, Weizenkeime, eine Handvoll Walnüsse und gemahlene Mandeln.

"Here comes the sun" jubiliere ich, als der Fahrer pünktlich um sechs Uhr schellt und ich die Treppe hinunter springe.

Vögel, die morgens singen, frisst abends die Katz. Manchmal, so wie heute, braucht es nicht bis zum Abend, da liegt das Unheil schon während des Morgenliedes auf der Lauer.

Der Fahrer fährt offenbar nicht direkt zum Dreh mit mir, sondern erst einmal in die andere Richtung, auf die schäl Sick, über den Rhein. "Warum?" frage ich. Na, er holt mich als erste ab, damit die Stars länger schlafen können. So sieht es aus.

"Aber ich wohne doch direkt auf der Strecke," maule ich. Egal. Wir machen eine große Runde bis Porz, einen

Schlenker über Refrath, bis wir sie alle drei eingesammelt haben, die erhabenen, müden, gruß- und blicklosen, mir ihren Rücken zukehrenden Stars.

Wir fahren zurück über den Rhein, zurück über mein Viertel stadtauswärts zum Schloss. Um halb acht sind wir dort angelangt. In die Maske darf ich noch nicht gleich, weil zuerst die drei Stars geschminkt werden. Aber in die Garderobe soll ich. Dort bekomme ich einen dunkelblauen Faltenrock, eine gräuliche Bluse und eine gräuliche Kittelschürze verpasst. Haushälterin eben, fad und unschmeichelhaft. Dazu einen flachen Haferlschuh, der eine halbe Nummer zu klein ist. Für den einen kleinen Auftritt werde ich es wohl aushalten, meint die Kostümbildnerin. Kurz vor neun darf ich in die Maske. Ganz natürlich soll ich aussehen, nur abgepudert, damit ich nicht glänze. Die Haare können wir auch so lassen. Das heißt, grau und ohne Pfiff. Die Haushälterin eben.

Am Set muss ich noch ein bisschen warten. Der Regisseur begrüßt mich kurz. "Sie sind die...ah ja, die Haushälterin. Gut." Offenbar findet er mich gut. Alle anderen sind auch sehr freundlich. Ein junger Mann bietet mir einen Stuhl an, wo ich solange sitzen und warten kann. Sie sind auch weiterhin sehr nett. Als ich dran kommen soll, springt eine junge Dame herbei und will mir aus dem Stuhl helfen. Wahrscheinlich wegen meines Alters. Dann kommt die ebenfalls sehr nette Regieassistentin zu mir und fragt, ob ich das schaffe: ich müsse jetzt gleich, als Haushälterin, von dem Turmzimmer des Schlosses in den Speisesaal im Erdgeschoss kommen. Da müsse ich beim Drehen und bei den Proben immer drei Treppen hoch und wieder runter. Ob ich das noch könne. In meinem Alter, will sie wohl damit sagen.

Ich kann mir das nur so erklären, dass ich in dieser Haushälterinnenaufmachung nicht nur wie eine graue Maus, sondern auch um Jahrzehnte gealtert erscheine. Es soll mir aber eine Warnung sein, dass ich niemand, aber auch wirklich niemand und einem Mann schon gar nicht, von dieser Rolle erzähle, damit mich bloß keiner so schlagartig gealtert im Fernsehen sieht.

"Und jetzt bitte die Haushälterin," ruft der Regisseur. Ich will nun nicht weiter aufhalten, zickig sein und sagen, dass ich Johanning heiße, Anke Johanning, und schon ganz andere Rollen gespielt habe. Zeit ist Geld beim Fernsehen, also renne ich die drei Treppen mit Schwung und guter Laune hinauf und herunter, so oft sie wollen. Beim Rauf-rennen nehme ich demonstrativ zwei Stufen auf einmal, um meine Fitness zu bezeugen. Ich hoffe, dass dies Beachtung findet, bei der Regie oder sonstwem. Das Szenchen ist im Nu im Kasten, weil ich ein Profi bin. Aus den Klamotten bin ich auch schnell raus. Abschminken brauche ich mich nicht. Leider sind alle Fahrer unterwegs, so dass mich keiner nach Köln zurückfahren kann.

"Es gibt eine prima Überland-Busverbindung," sagt der nette junge Mann, der mir den Stuhl gegeben hat, und bringt mich zur Haltestelle.

In der Innenstadt angelangt, springe ich gerade noch in einen Bus, ehe er die Türen schließt und abfährt. "Sind Sie der 146er?" keuche ich, überfordert. "Nein," sagt er, "ich bin der Busfahrer. Ich fahre den 146er." Da sieht man mal, welch gesunden Stolz die Angehörigen anderer Berufsgruppen in ihrem Arbeitsleben lebenslänglich beibehalten können.

Eine wunderschöne Stimme sagt "Hallo" zu mir. Augura sitzt in diesem Bus. Wie peinlich, dass sie mich derart in Hast und Hektik erlebt, mit diesem schrecklichen faux-pas gegenüber dem Fahrer. Als menschenverachtende, den Fahrer verdinglichende Zynikerin habe ich mich entlarvt.

Vor Augura entlarvt, die so geschmackvoll in lichtem Grau mit granatroten Accessoires in diesem Bus sitzt.

"Ich komme gerade vom Drehen," keuche ich weiter, "und bin so gerannt. Ach, es war furchtbar. Ich sah so furchtbar aus. So alt. Und die Rolle war so schlecht und klein. Und sie haben mich wie eine alte Frau behandelt. Ich will nicht mehr. Ich kann nicht mehr. Es ist zum Heulen." Und ich heule tatsächlich.

Augura versteht mich. Ich bin überfordert und frustriert. In meiner zeitlebens vergeblichen Jagd nach Glück und Erfolg verbissen und bitter geworden. Und nun auch noch vom Alter gezeichnet.

Augura gesteht mir, dass sie schon lange vorher gewusst hat, dass das mit meinem Mann und mir auseinandergeht. Und dass ich als Schauspielerin auf keinen grünen Zweig komme. Astrologisch war das ganz klar abzusehen. "Aber sei doch froh!" muntert sie mich auf, "Da dir bisher noch nichts gelungen ist, hast du noch alles vor dir!" Während sie, die beruflich und privat Erfolgsverwöhnte, mit einem Abflauen, einem Dekrescendo unweigerlich rechnen muss. "What goes up, must come down," sagt sie, "das ist ein Naturgesetz.

"Darf ich dir was sagen? Das darf ich doch," fährt sie fort und legt mir den Arm sehr, sehr freundschaftlich um die Schulter, "Anke, du musst was für dich tun! Darf ich dir etwas empfehlen? Sieh mal," sagt sie und kramt ein Döschen aus ihrem Handtäschchen, ein kleines Probedöschen. "Ich habe hier etwas für dich. Eine ganz tolle Creme. Alle sind begeistert von meinen Nahaufnahmen, seit ich diese Creme benutze. Kein Mensch glaubt mir mehr, dass ich schon vierzig bin." Sie ist fünfzig, aber da sie so nett und freundschaftlich zu mir ist, will ich darüber kein Wort verlieren.

Es ist wohl so, dass diese Creme die Haut wie Hefeteig aufquellen und alle Falten für zwei, drei Stunden spurlos verschwinden lässt. Dann muss die Creme erneut aufgetragen werden.

Dankbar nehme ich das Probedöschen entgegen und verabschiede mich von Augura, weil ich aussteigen muss. "Bei dir kann es nur noch aufwärts gehen. Wenn nicht in diesem Leben, dann im nächsten," gibt sie mir noch auf den Weg. Sie schafft es doch immer wieder, mich aus meinen Sinn-und Lebenskrisen herauszureissen.

20

"LIEBE FRAU ANKE..."

Zu Hause angekommen, klopft mir das Herz, denn ein dicker Umschlag von der WAZ liegt in meinem Briefkasten. Allerdings finde ich nur drei Briefe darin, als Antwort auf meine Annonce. Wie enttäuschend. Hätte ich mich noch jünger machen sollen?

Der erste Brief ist von einem Partnervermittlungsinstitut. Sie loben meinen Mut, dass ich mich zu meinem Partnerwunsch bekenne und die geeigneten Schritte für eine glückliche zukünftige Zweisamkeit unternehme. Sie verweisen auf ihre 20-jährige Tätigkeit. In ihrem alle Alters- und Berufsgruppen umfassenden Angebot wird sicherlich auch der Traumpartner für mich zu finden sein, schreiben sie.

Im zweiten Brief, ebenfalls von einer Partnervermittlung, heißt es, dass ich mit meiner Anzeige einen ersten, mutigen Schritt, aus Leere und Einsamkeit, in ein neues, erfülltes Frauenleben getan habe. Gern wollen sie mir bei meinem Wunsch nach Glück, Zärtlichkeit und Geborgenheit behilflich sein.

Der dritte Brief endlich, etwas dicker, ist von einem Interessenten. Von einem an mir interessierten Mann, den meine Anzeige offenbar sympathisch anmutete. Er hat sogar vier Fotos beigelegt. Auf dem einen steht ein kleiner, dikker, weißhaariger Mann zusammen mit einer kleinen, dikken, weißhaarigen Frau vor der Eingangstür eines geduckten, kleinen Häuschens. Beide winken. Ob sie dem Postboten, vorbei radelnden Nachbarn, ankommenden oder weggehenden Gästen zu- oder nachwinken ist nicht ersichtlich. Der Gesamteindruck ist ansprechend, aber was soll die Frau auf dem Bild?

Auf dem nächsten Foto steht der kleine, weißhaarige Mann vor irgend einem Mittelklassewagen. Mit Autos kenne ich mich nicht aus. An der Leine hat er einen mittelgroßen Kurzhaar-Mischling, der, genau wie sein Herrchen, in die Kamera schaut. Vermutlich hat die mysteriöse, kleine, alte Dicke das Foto geknipst. Dann ist der alte Mann noch einmal auf dem Sofa zu sehen, mit einem Sektglas in der Hand, dem Betrachter zu prostend. Die Einrichtung ist gediegen. Schwere Polstergarnitur, Blumenfenster, gemütliche Stehlampe, Obstschale auf dem Couchtisch. Lustig ist das letzte Bild von dem Herrn am Strand, in der Badehose, unterm Sonnenschirm, die sandigen Füße lustig vergrößert der Kamera entgegen gestreckt. Nett lacht er da. Und körperlich fit, trotz Altersabbau, scheint er auch noch zu sein.

Das ist alles soweit in Ordnung. Bis auf die Frau. Oder ist es seine Schwester? Mit der er inzestuös verbunden von Kindesbeinen an zusammen lebt? Und jetzt, endlich, möchte er, den Schritt in die sexuelle Freiheit riskieren? Mit mir? Ob ich das will?

Aber sonst ist wirklich alles in Ordnung. Einen Hund zum Beispiel, möchte ich schon lange haben. Das ging immer nicht, weil ich aus beruflichen Gründen extrem mobil sein muss. Jederzeit bereit, von heute auf morgen, zu drehen, überall auf der Welt. Da ist nichts mit Fresschen und Gassi gehen. Das kann man keinem Hund zumuten. Mit einem Lebenspartner allerdings, geht das. Wenn ich einen Mann habe, kann ich auch einen Hund haben. Weil der den Hund versorgen kann, wenn ich beruflich auf Achse bin.

Ich widme mich jetzt dem handgeschriebenen Brief, nicht zu lang, nicht zu kurz, anderthalb klein geschriebene Seiten. Die letzte halbe Seite könnte eine Fotokopie sein. Der Herr schreibt öfters auf Annoncen, sieh an. Allerdings, vielleicht hat er die Richtige, seine Traumfrau noch nicht gefunden und die Fotokopie spricht für seine Beharrlichkeit. Dass er allen Fehlschlägen zum Trotz, zu keinem Kompromiss bereit ist, die Suche nach seinem Ideal so lange fortsetzt, bis er es tatsächlich in mir gefunden hat.

"Liebe Frau Anke...,

ich kann Sie nicht, wie es sich gehörte, mit Ihrem Nachnamen ansprechen, da ich ihn nicht weiß. Ich verstehe, dass Sie sich zunächst hinter einer Chiffre verbergen wollen, einmal, weil eine solche Annonce - auch wenn viele Menschen heute diesen Weg gehen - für eine Frau, für eine stolze Frau wie Sie, auch heutzutage immer noch ein Wagnis bedeutet. Sie haben diesen mutigen Schritt getan, sich über alle kleinlichen Bedenken hinweg gesetzt und ich bewundere Sie dafür.

Ich bin 73 Jahre alt, wirke aber jünger. Wenn Sie sich die Fotos anschauen, werden Sie mir vielleicht Recht geben. Meine liebe, treusorgende Frau, die sie auf dem einen Bild sehen können, ist vor drei Jahren, leider viel zu früh, für immer von mir gegangen. Ich bin Witwer. Obwohl mir die Erinnerung an meine liebe Frau viel bedeutet, möchte ich den mir verbleibenden, weiteren Lebensweg nicht alleine beschreiten. Ich möchte, gegenseitige Sympathie vorausgesetzt, mit Ihnen gemeinsam den Versuch unternehmen, behutsam eine tragfähige, reife, verantwortungsvolle Beziehung aufzubauen. Ich möchte Ihnen Schutz und Trost sein, denn ich spüre in Ihren Worten, wie viel Sie gelitten und sich von den Anforderungen des Lebens überfordert gefühlt haben müssen.

Wie kann er das wissen? werden Sie sich fragen, erstaunt, von einem "Fremden" derart durchschaut und verstanden zu werden. Liebe gnädige Frau, ich bin sehr einfühlsam. Ein Eigenschaft, auf die ich stolz bin, die mich befähigt hat, meiner lieben, verstorbenen Frau in unserer 30-jährigen, leider kinderlos gebliebenen Ehe ein guter, verständnisvoller Partner zu sein.

Dennoch soll diese Ehe keinen Schatten werfen auf unsere gemeinsame Zukunft, auf die ich hoffe, rechnen zu dürfen. Aber ich überstürze mich und bedränge Sie vielleicht allzusehr. Mögen Sie sich durch meine Zeilen nicht abgeschreckt, sondern, im Gegenteil, zu einem unverbindlichen Treffen mit mir ermutigt fühlen."

Jetzt kommt die letzte, mit Sicherheit fotokopierte Seite:

"Ich bin von Beruf Konditormeister gewesen. Ich betrieb eine kleine Konditorei in der Düsseldorfer Innenstadt, die heute unter anderer Leitung weiter geführt wird. Ich bin körperlich fit für meine Jahre, schwimme und wandere gern. Früher war das Drachenfliegen meine Leidenschaft. Leider kann ich diesen schönen Sport mit meinen alten Knochen nicht mehr ausüben. Aber es war eine schöne Zeit, von der ich Ihnen gerne erzählen werde.

Darf ich hoffen, liebe Frau Anke...

Mit herzlichem Gruß
Ihr Elmar Büttgen

ab 18 Uhr zu erreichen unter 0211-XXXXXX."

Über den Hund schreibt er nichts. Da sich sonst niemand gemeldet hat, kann ich ja mal bei ihm anrufen. Köln-Düsseldorf, das müsste hinzukriegen sein. Mit der Bahn ist es eine halbe Stunde. Mit einer Monats- oder Jahreskarte käme es wahrscheinlich am billigsten. Oder er holt mich immer mit seinem Auto ab und bringt mich zurück. Meine

Wohnung in Köln und sein Häuschen in Düsseldorf behalten wir natürlich. Dann bleiben wir bei ihm in Düsseldorf, wenn wir es mal schick und bei mir in Köln, wenn wir es mal prolliger haben wollen.

Die Gardinen, die bei ihm an den Fenstern hängen, möchte ich gerne abmachen. Ich mag diese klaustrophobischen, Blick verkürzenden, meist grauen Lappen nicht. Sollen die Leute ruhig herein schauen auf unser spätes Glück.

Es muss ja nicht gleich sein, aber seine Polstergarnitur gehört auch ausgewechselt. Bei mir könnte alles so bleiben wie es ist, meine ich. Nur ein größeres, zweischläfriges Bett muss her. Dann ist mein kleines Schlafzimmer zwar gerammelt voll und die ganze Aesthetik im Eimer, aber hier soll das Zwischenmenschliche zweifellos Vorrang haben.

Am meisten freue ich mich auf den Hund. Der soll auch bei mir in Köln sein Körbchen haben. Die Stadtwaldnähe ist für ihn ideal. Da kann er toben und auch im Weiher schwimmen, wenn er das mag. Von mir bekäme er nicht nur Dosenfutter, sondern auch ab und zu Innereien, Herz und Kutteln und dergleichen, gekocht.

Ich bin schon Feuer und Flamme, als ich abends Punkt 18 Uhr zum Hörer greife. Herr Büttgen meldet sich auch sofort nach dem ersten Klingelzeichen. So als hätte er neben dem Telefon gesessen und nur auf meinen Anruf gewartet.

"Guten Abend, Herr Büttgen! Hier ist Anke!" Meine Stimme klingt jung und fröhlich. Am anderen Ende hustet es erst einmal anhaltend. "Entschuldigung...hack, hack, hack, ich habe mich...hack, hack...gerade verschluckt. Wer ist da bitte?" "Anke! Hier ist Anke!" "Können Sie mir bitte helfen? Anke??" "Na, ich bin die Anke von der Anzeige in der WAZ." Jetzt klingt meine Stimme sachlich, aber freundlich und auf souveräne Weise nachsichtig. "Oh, natürlich! Das freut mich aber, dass Sie sich bei mir melden! Das freut mich aber...hack, hack..." "Vielleicht wollen Sie erst einmal ein Schlückchen trinken," schlage ich, in warmem Mezzo, fraulich besorgt vor. "Ja, richtig. Einen Moment, ich hole mal eben...hack, hack, hack"

Ich höre das Gluckern aus einer Flasche in ein Glas, noch ein, zwei Huster, ein tiefes Schnaufen beim Trinken und das Glas wird auf dem mir bekannten Couchtisch abgestellt. Und dann ertönt seine Stimme, nun herrlich sonor: "Ja, liebe Frau Anke, das freut mich sehr! Wann können wir uns denn mal sehen, mal treffen, einmal aussprechen?"

Ich habe nun auch meine junge, fröhliche Stimme wieder gewonnen. Es entwickelt sich ein Gespräch, so leicht, so spaßig, als würden wir uns schon ewig kennen. So mühelos und so vertraut. Er versteht, dass ich lieber nicht in Köln, sondern in Düsseldorf zu einem ersten Rendezvous komme. Ich möchte nicht von Bekannten und Kollegen, und schon gar nicht von Thilo, gesehen werden. Elmar schlägt vor, dass wir uns im Cafe Katz, seiner ehemaligen Konditorei treffen. Das Lokal sei zwar zur Hälfte verkleinert worden, aber die Torten würden immer noch nach seinen Rezepten gebacken, weil der Nachfolger bei ihm gelernt hatte. Seine liebe, verstorbene Frau sei zuletzt nicht mehr gerne mit ihm dorthin gegangen. Aus sentimentalen Gründen. Sie sei so sensibel gewesen. Wie ich sicherlich auch. Das spüre er sogar am Telefon.

"Nun ja," sage ich, "ich bin ja auch Künstlerin, ich meine Schauspielerin. Da muss ich ja sensibel sein, sonst könnte ich meinen Beruf gar nicht ausüben." "Schauspielerin! Oh das ist ja großartig! Wo kann man Sie denn bewundern?" Gleich wird es wieder peinlich. Aber ich weiche charmant aus: "Als nächstes am Sonntag, und zwar im Cafe Katz."

Hahaha, da lacht er herzlich und wir freuen uns beide auf unser Treffen.

Na, so ein Erfolg! Wer hätte das gedacht! Hoffentlich bringt er den Hund mit. Ich berste vor Lebensfreude! Ich muss hinaus, einmal um den Weiher laufen, das wunderbare Telefonat noch einmal Revue passieren lassen.

Kaum bin ich vor der Haustür, läuft mir der Herr mit dem Hund über den Weg. Ja, es ist die Zeit der Zeichen und Wunder! Diesmal kommen wir sofort ins Gespräch auf dem gemeinsamen Weg in den Stadtwald. Ein Münsterländer ist sein Hund. Pinkus heißt er. Ein freundliches Tier. Ich komme auf den blindwütigen Dackel zu sprechen, der mich mit Hass und Geifer verfolgt, wenn ich an seiner Hecke vorbei komme.

Was ich nun erfahre, berührt mich zutiefst: Der arme Dakkel lebt mit einem Schäferhund im gleichen Haus. Es wird vermutet, dass er sich als Wachhund diesem gegenüber minderwertig fühlt und dieses Inferioritäts-Trauma bis zum Wahnsinn zu kompensieren sucht. Pinkus sein Herrchen ist Psychologe. Adlerianer, wie er sagt. Und so erklärt er mir den Bedingungszusammenhang. "Wenn man die wahren Hintergründe kennt, sieht man so manches Monster mit anderen Augen. Man verurteilt nicht länger, sondern versteht." erwidere ich gedankenvoll.

Die Psychologie ist doch eine großartige Sache. Wäre ich doch bloß Psychologin geworden!

"Bis zum nächsten Mal!" verabschieden wir uns. Toll! So viele Optionen habe ich auf einmal, was die Männer angeht. Und morgen zu Elmar ins Cafe Katz in Düsseldorf!

21

BIN ICH SCHON TOT?

Ich habe mir einen Stadtplan von Düsseldorf gekauft, weil ich den künftig haben muss. Cafe Katz ist in einer kleinen Seitenstraße, die ich schnell gefunden habe. Ich will ein bisschen früher da sein, damit ich meinen Zukünftigen beobachten kann. Wie er ins Cafe kommt, und neugierig alle Damen mustert, und sich fragt, ob ich das sein könnte. Und wie er reagiert, wenn ich mich zu erkennen gebe.

Kaum zu glauben, aber so ist es. Bei den Männern hat man entweder keinen oder jede Menge gleichzeitig zur Disposition. In Düsseldorf bin ich kaum in die Fussgängerzone vorgedrungen, da sehe ich meinen zahnluckerten Schotten mit dem Dudelsack auf und ab marschieren. "Hello," winke ich ihm zu, "Surprise, surprise!" Er erkennt mich sofort. "You are looking lovely today, you are!" lobt er mich. Mir fällt ein, dass er mir für David, den über die Meere Entschwundenen, "My Bonnie Lies Over the Ocean" spielen könnte. Ich gebe ihm einen Euro und bleibe noch einen Moment stehen. Zum Angedenken. "Till next time, byebye." God be with ye. Gott befohlen.

Das Cafe ist winzig. Ein schmaler Schlauch mit vier Tischchen, drei davon voll besetzt mit alten Tanten, führt an der Kuchentheke vorbei in einen etwas größeren Raum, wo geraucht werden darf. Raucht Elmar? Ich setze mich mal nach hinten, falls er raucht. Damit gebe ich mich auf Anhieb als warmherzige Frau zu erkennen, für die das Wohl des Partners an erster Stelle steht.

So ein fraulicherseits ausgefahrener Altruismus kann eine Beziehung gut und gerne über zehn Jahre stabilisieren. Danach kriegen die Männer einen Überdruss an all der

Güte und möchten wieder einmal schlecht behandelt werden. Das bringt auf Trab und entfacht die Erotik. In zehn Jahren wird Elmar aber entweder siech oder mausetot sein, auf jeden Fall die Partnerwechsel-Faxen dicke haben, so dass ich das Risiko eingehen kann, ihn zivil zu behandeln.

Habe ich das geschrieben? Ich, Anke Johanning, vormals zutraulich und guten Willens? Bin ich zur Zynikerin mutiert, zum Kopfmenschen geworden, wie es mir Augura einst vorgeworfen hat? Oder war es die Seherin in ihr, der die Sterne von meinem künftigen Sein und Wesen Kunde getan?

Ich greife mir eine von den gehobeneren Illustrierten, damit kein falscher Eindruck aufkommt und setze mich an ein Zweiertischchen. Mit Blick auf die Eingangstür und Licht von vorne. Das muss man in meinem Alter haben.

Noch eine Viertelstunde. Dann müsste Elmar eintreffen. Ich blättere in der Zeitschrift hin und her. Ich stutze. Wie bitte? Da steht es doch: Der Film von Dennis Hopper und mir wird morgen Abend gesendet! Morgen Abend! Und auf Arte! Es geschehen noch Zeichen und Wunder! Hier ist die Antwort auf Elmars Frage, wann ich nächstens zu bewundern bin. Morgen Abend! Was für ein wundervoller Trumpf für mich! Ich und Dennis Hopper für Elmar auf Arte!

Schade, da guckt wieder keiner. Weil keiner Arte guckt. Alle sagen immer, sie gucken Arte, aber keiner guckt.

In der Aufregung habe ich gar nicht bemerkt, dass Elmar inzwischen das Cafe betreten hat. Er begrüßt das Personal an der Kuchentheke und mustert diskret die alten, rauchfreien Tanten im Vorraum. Dann schaut er nach hinten zu mir. Ich hebe die Hand, in aller Ruhe. Nur keine wilde Bewegung jetzt, kein hysterisches Gefuchtel. Wenn es dieser nicht wird, dann wird es ein anderer. My Bonnie lies over the Ocean. Und außerdem bin ich immer noch verheiratet. Oh. Er lächelt. Mein Anblick scheint ihn zu erfreuen. Er kommt an meinen Tisch.

Er hat, wie alle Düsseldorfer, einen dunkelblauen Mantel an, mit hochgeschlagenem Kragen. Darunter ein Hemd mit Krawatte und eine bunte Strickjacke, durchaus comme il faut. "Wo ist denn der Hund?" frage ich. "Alf? Alf, der ist zu Hause. Ich wusste nicht, ob Sie Hunde mögen." "Und wie!" sage ich. Wir bestellen uns Tee, er keinen Kuchen, weil er auf seinen Zucker achten muss und ich mir einen Mohrenkopf mit Schlagsahne. Beim Teebestellen rutscht mir mein mieser Charakter kurz raus und ich mekkere uncharmant herum. "Ich hätte gerne grünen Tee," sage ich zu der Bedienung. "Den haben wir nicht," sagt sie. "Wie, den haben Sie nicht! Den gibts doch sogar schon bei der Bundesbahn!"

Elmar hat es, scheint es, nicht gehört. Er holt ein Kuvert aus seiner Manteltasche und legt mir drei Fotos hin, auf denen er als Drachenflieger zu sehen ist. Mit Helm und dem noch zusammengepackten Gestänge an einem Abgrund stehend. Dann als roter Fleck am blau-weißen Himmel. Und nach der Landung, mit verrutschtem Helm, auf einer Wiese.

"Ja, erst trägt man ihn, dann trägt er dich," erklärt er mir. Ganz schön schwer ist das, die 30 Kilo den Berg hoch schleppen. Und dann fliegen, so wie der Wind und die Thermik es will. Sich unter Wolken treiben lassen, unter Kumuluswolken. Da kann man richtig darunter kleben bleiben und mit der Wolke mitsegeln.

"Das ist das reinste Glück," schwärmt Elmar. Aber auch die Gefahren verschweigt Elmar nicht: die Turbulenzen, oder wenn der Wind herein kommt am Berg. Da zieht es einen hoch, wie in einem Aufzug. Und erst die Gewitter! Wenn ein Gewitter dich einholt, dann kommst du nicht mehr raus, dann zieht es dich rein in die Wolken und du erfrierst im Nu. Da hat es mal einen gegeben, den haben sie den Gewitter-Ali genannt. Dem ist das passiert. Plötzlich war er in einer Wolke verschwunden und zu Eis geworden.

Spannend, wie Elmar das schildert! Wie seine Augen dabei leuchten. Ich beuge mich interessiert nach vorne, schau mal auf die Fotos, mal Elmar auf die Lippen. Ich lasse den Mohrenkopf Mohrenkopf sein, Elmar soll spüren, dass ich durch und durch fasziniert von ihm bin.

Endlich ist er fertig mit seiner spannenden Schilderung. "Uh, das könnte ich nicht. Da hätte ich Angst," sage ich, nippe am Tee und zerre mit der Gabel am Mohrenkopf herum. Sie sind immer so schwer zu essen, wenn einer zuguckt, auf den es ankommt. "Mmh! Das ist ja der beste Mohrenkopf, den ich je gegessen habe! So viel Schokolade drauf und so viel Vanillecreme drin! Und das ist nach Ihrem Rezept? Mmh! Mmh!" schwärme ich. Mampf. Mampf.

Elmar freut sich: "Ja, das macht die bittere Kuvertüre. Etwas Zucker, etwas Wasser. Das Ganze bei 87 Grad Reaumur aufgekocht und dann wieder herunter gekühlt bis die Kuvertüre beim Rühren Fäden zieht. Und, das ist wichtig, der Biskuit ist mit Aprikosenmarmelade aprikotiert. Damit der Schokoladenfondant nicht abstirbt und seinen Glanz verliert. Sehen Sie, wie dieser Mohrenkopf glänzt. So muss es sein."

"Mmh!" sage ich, "Mmh!". Männer können einem die Welt so schmackhaft machen, alles so schön erklären. Das Leben bekommt wieder einen Sinn, wenn man es zur Abwechslung mal mit ihren Augen sieht.

"Aber was rede ich von mir und meinem langweiligen Beruf, wenn ich neben einer Schauspielerin sitze. Einen faszinierenden Beruf haben sie da. Den vielen, vielen Text zu behalten. Ich bewundere das. Wenn ich an meine Schulzeit denke. Wie schwer es mir fiel, Gedichte auswendig zu lernen! Und bringen Sie Ihre vielen Rollen nicht manchmal durcheinander? Dass Sie einen Auftritt haben und plötzlich die falsche Rolle sprechen?"

Die Zeit vergeht im Nu. Elmar erklärt mir seine Welt und ich ihm meine. So herzlich und ungezwungen plaudern wir, dass ich fast vergesse, meine absolute Trumpfkarte auf den Tisch zu knallen: den Sendetermin morgen auf Arte. Wir sind schon beim Hinausgehen, da fragt er mich, ob wir uns morgen sehen können. Es gebe noch so viel zu erzählen. "Nein," sage ich, " morgen kann ich nicht. Da komme ich im Fernsehen. Das muss ich mir ansehen."

Ich zeige Elmar die Programmanzeige mit dem Bild von Dennis Hopper. Leider kennt Elmar Dennis Hopper nicht, aber er ahnt trotzdem, dass ich hier auf Weltniveau agiere. Er will mich auf jeden Fall ansehen. Er glaubt ganz sicher, dass er Arte auf seinem Fernseher kriegt, weil er eine Satellitenschüssel hat.

Beim Verlassen des Cafes geht er noch mit mir in das Blumengeschäft, das gleich nebenan liegt, und schenkt mir einen Strauß mit roten Röschen für daheim. Er bringt mich auch zum Bahnhof bis an den Zug und winkt mir nach.

Kaum bin ich zu Hause angelangt, kaum habe ich die Röschen angeschnitten und in die Vase gesteckt, da klingelt das Telefon. Elmar. Er habe überlegt, nach dem schönen Nachmittag, ob wir uns mein Fernsehspiel nicht zusammen angucken könnten. Er lädt mich herzlich ein, in sein Häuschen, wo der Empfang wegen der Satellitenschüssel sicher besonders gut ist. Er will mich auch vom Bahnhof abholen und nach der Sendung mit seinem Wagen nach Köln zurück fahren.

Ich zögere einen Moment, wie es sich für eine selbstbewusste Frau gehört. Dann könnte ich auch den Alf kennen lernen, wo ich doch Hunde so gerne mag, schiebt Elmar nach. "Na gut, bis morgen Abend dann!" "Bis morgen Abend!" Ich überlege, ob ich vielleicht schon tot und im Himmel bin, so gut geht es mir.

22

ICH, ALF UND MEIN FINALER LEBENSPARTNER

Nach dem vielen Glück peinigt mich in der Nacht ein böser Traum. Ich sitze mit Elmar im Cafe und habe gerade mit der Bedienung wegen des grünen Tees Streit angefangen, weil der selbst im Speisewagen der Bundesbahn zu haben ist. "Grüner Tee enthält Vitamin E und das braucht man in den Wechseljahren!" schreie ich. Mit puterrotem Kopf reiße ich mir, der Wallungen wegen, meinen Pullover über den Kopf, kriege das T-Shirt darunter mit zu fassen, reiße es mit hoch und entblöße mich bis auf den Büstenhalter, der, Gott sei Dank, aus schwarzer Spitze, aber sichtlich ausgeleiert ist. Ich zerre das T-Shirt wieder herunter. Der Rollkragen würgt mich um den Hals. Ich wurschtele mich aus den Ärmeln heraus. Elmar zieht hilfreich mit an dem Pullover, der nicht über meinen puterroten Kopf will. Ich glaube zu ersticken und erwache voller Angst. Die Aufregung des gestrigen Tages war wohl zu viel für mich.

Aber am Abend bei Elmar ist es dann gemütlich. Auf dem Couchtisch stehen zwei Sektkelche und diverses Salzgebäck zum Knabbern. Alf sitzt mit auf dem Sofa, auf einer alten Wolldecke. Das ist sein Platz. Alles hat hier, scheint es, seinen Platz. So auch ich. Ich spüre gleich, dass ich hier hingehöre, zu Alf und Elmar.

Alf schaut mich aus schönen braunen Augen an. Braune Augen, schwarz umrandet, wie die von Liz Taylor als Cleopatra. Ein bildhübsches, gutgelauntes Hundegesicht, mit den Lefzen so freundlich nach oben gezogen. Elmar strahlt und stellt den Fernseher an. Ich komme um vor Lampenfieber, stöhne und ringe die Hände. Da, es geht los! Jetzt muss ich erstmal eine gute Stunde lang die Nerven behalten, denn vorher trete ich nicht auf. Dennis ist verdammt gut, eben Weltspitze. Ich mache Elmar immer wieder auf seine schauspielerischen Feinheiten aufmerksam, weil er ein Laie ist und so etwas nicht merkt.

Nach eineinviertel Stunden werde ich langsam unruhig. Was ist denn los? Allmählich müsste ich doch mal kommen! Oder haben die mich rausgeschnitten? Die Schweine haben mich rausgeschnitten! Ich auf Weltniveau und die haben mich rausgeschnitten! Eine Blamage sondergleichen, vor meinem potentiellen neuen Lebenspartner. Angegeben habe ich wie ein Sack Sülze und nun diese Blamage.

Ich jaule auf. Alf und Elmar zucken erschrocken zusammen. "Die haben mich rausgeschnitten," schluchze ich. Tränen perlen mir über die Backen. Elmar ist kein Schauspieler und kann meine Verzweiflung nicht verstehen, über diesen Absturz aus höchsten Höhen.

Aber "Nein! Nein!", schreie ich alsbald. Ein rosa Ärmel kommt ins Bild! Und hier! Mein Kopf! Mit hochtoupiertem Haar! "Da bin ich ja!" Wutsch! Und schon wieder weg! Sie haben mich nicht herausgeschnitten! Nur gekürzt! Triumph! Ich und Dennis Hopper auf Arte! Hurra! Elmar ist begeistert und lacht vor Freude. Ich lache vor Freude. Alf wedelt mit dem Schwanz. Ein glückseliger Augenblick, der uns alle Drei glücklich vereint.

Ich muss gestehen, ich bin in dieser begnadeten Nacht nicht mehr nach Hause gefahren. Wir sind noch eine große Runde mit Alf in dem ruhigen Wohnviertel herum spaziert und dann erschöpft zu Bett gegangen. Ich natürlich im Gästezimmerchen, das in ein trauliches Licht getaucht war, durch ein Aquarium mit vielen bunten, kleinen Fischen, zu dessen leisem Gesprudel ich friedlich eingeschlafen bin. Ich habe noch gedacht, man könnte links im

Vorgarten eine Buddleja pflanzen, damit die Schmetterlinge kommen. Und die Gardinen müssen weg.

Was soll ich sagen. Wir drei haben uns gesucht und gefunden. Ich bin ein glücklicher Mensch und stehe über all den Neidern, die daran herum mäkeln wollen. Meine Freundin Benita zum Beispiel, zerreißt sich das Maul: „Ach, diese alten Knacker! (Schluck) Die wollen doch nur eine Altersversorgung, eine Krankenschwester. (Schluck) Solange sie noch fit sind, rennen sie hinter den Jüngeren her und wenn die Zipperlein kommen, holen sie sich ne Alte! Bleib mir vom Hof mit diesem Greisenpack!" So schimpft sie unflätig ins Telefon, als ich ihr von Alf und Elmar und unserem gemütlichen Leben zu dritt erzählen will.

Da werde ich ihr doch nicht erzählen, dass Elmar nächste Woche wegen einer Bandscheibenoperation ins Krankenhaus muss. Er hat mir am Anfang nichts davon erzählt, weil er nicht wollte, dass ich mir Sorgen mache. Was würde sie sich da erst das Maul zerreißen, wenn sie das wüsste! Und mir die Freude und Zufriedenheit verderben, vor lauter Neid.

Wir haben das ganz prima gelöst und beschlossen, dass Elmar sich in einem Kölner Krankenhaus operieren lässt. Den Hund nehme ich zu mir in die Wohnung. Da hat er es gut und wir können zusammen Gassi gehen, rund um den Decksteiner Weiher. Ich schmeiße Stöckchen für ihn zum Apportieren. Er bekommt ein feines Fresschen von mir gekocht, mit Kutteln und Herz und Knochen zum Benagen. Das wird schön. Vielleicht begegnen wir auch Pinkus und dem Adlerianer. Ach, wäre ich doch Psychologin geworden!

Elmar werde ich jeden Tag im Krankenhaus besuchen, bis er wieder gesund ist. Auf diese Weise lernt er meine guten

Seiten kennen, meine Treue, Fürsorglichkeit, Zuverlässigkeit, Opferbereitschaft. Meinen Humor in schweren Zeiten. Bei mir hat die Schauspielerin in mir nicht den Menschen in mir aufgefressen. Dafür haben es Andere auf das Titelblatt vom "Gong" gebracht und ich nicht.

Und wenn er vor mir aus dem Leben scheidet, was solls! Ich weiß jetzt, an wessen Grab ich am Ende stehen werde. Nicht an meinem Ex, sondern an Elmar, werde ich die liebende Größe und Dankbarkeit der Sterbenden erfahren.

Trotzdem, ganz so wie es ist, soll es nicht noch einmal werden. Wenn ich noch einmal geboren werde. Und wir werden alle noch einmal geboren, weiß Augura. Es hat auch in meinem jetzigen Leben Schönes und Qualfreies gegeben. Meine Ausflüge in die Philosophie, die Psychologie (Das Ich und meine Abwehrmechanismen), die Physik, die Ornithologie und vor allem in die Dichtkunst. Mein Vierzeiler "Ein Morgen rosenzart", immerhin an einem Tiefpunkt in meinem Leben von mir erschaffen, spricht für sich.

Auch für Elmar und Alf bin ich dankbar. Und natürlich für meine beglückende Arbeit mit Dennis. Ich habe Dennis Hopper geohrfeigt. Immerhin. Jetzt bin ich alt, aber glücklich. Und wenn ich noch nicht gestorben bin, dann lebe ich heute noch.